审判

朱大可
在狂欢年代中的焦虑与思考

朱大可

东方出版社

图书在版编目（CIP）数据

审判／朱大可 著. —北京：东方出版社，2012. 10
ISBN 978 - 7 - 5060 - 5524 - 6

Ⅰ. ①审…　Ⅱ. ①朱…　Ⅲ. ①文艺评论-文集　Ⅳ. ①I06-53

中国版本图书馆 CIP 数据核字（2012）第 247306 号

审判
（SHENPAN）

作　　　者：朱大可
责任编辑：黄晓玉　史　亮
出　　　版：东方出版社
发　　　行：人民东方出版传媒有限公司
地　　　址：北京市东城区朝阳门内大街 166 号
邮政编码：100706
印　　　刷：北京智力达印刷有限公司
版　　　次：2013 年 1 月第 1 版
印　　　次：2013 年 1 月第 1 次印刷
印　　　数：1—8 000 册
开　　　本：710 毫米×1000 毫米　1/16
印　　　张：14
字　　　数：180 千字
书　　　号：ISBN 978 - 7 - 5060 - 5524 - 6
定　　　价：36. 00 元
发行电话：(010) 65210056　65210057　65210061

001 \ 孤独的背影

在全球娱乐时代,孤独的先知早已丧失了"逗你玩"的功能。而这正是思想和文学的最大悲剧。和文学一起中风,并死于人类狂欢的午夜,便是难逃的宿命。

043 \ 迷离的光影

一方面卑贱和软弱,一方面却伟大而坚硬。葵的这种两重性,正是中国艺术家、知识分子,乃至整个国民的象征。

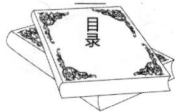

化复苏,从每个人独立的反思开始。

183 \ 扇动的翅膀

在完成最后一张黑白木刻的时候,你会看到色彩。但这不是世俗的五彩,而是世界的原色。

211 \ 跋

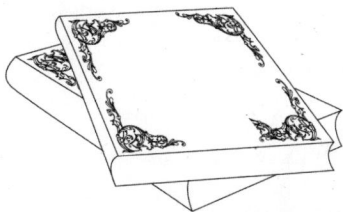

孤独的背影

在全球娱乐时代，孤独的先知早已丧失了"逗你玩"的功能。而这正是思想和文学的最大悲剧。和文学一起中风，并死于人类狂欢的午夜，便是难逃的宿命。

加缪：荒谬而勇敢的西西弗

人们热衷于把加缪与萨特相提并论，称其为存在主义的两大思想导师。 当加缪在埃菲尔铁塔下突遇车祸死去后，萨特的情人西蒙·波伏娃在巴黎的围墙下通宵徘徊，悲痛得难以入眠，但萨特却公开表露出对加缪的轻蔑，认为加缪不过是一个文体家而已。 这一方面暴露出萨特的狭隘性格，另一方面也揭示了加缪对于文学的卓越贡献——他完成了现代法语的伟大书写，并且因为这种书写而提升了法语的魅力。

不仅如此，还因为杜小真这样的杰出译者，加缪话语的魅力获得了微妙的传达，并对现代汉语的建构产生了不可思议的影响。 在这个意义上，译者的贡献有时甚至可以与原作者相提并论。 除了杜小真翻译的加缪文论，其他对中国外文学产生重大影响的文本，分别是王央乐翻译的《博尔赫斯短篇小说选》（上海译文出版社 1985 年版）和马尔克斯《百年孤独》（有多种译本）等。 这些杰出的译本，构成了中国先锋文学自我进化的范本。

中国作家的加缪崇拜

"加缪-杜小真"语体首先影响了先锋小说家的书写。 李劼在《中国八十年代文学备忘》一文中指出:"最早进入中国的20世纪现代派文学,不是后来风靡的马尔克斯和博尔赫斯,而是卡夫卡和加缪等人。"作家孙甘露在《此地是故乡》中回忆道:"我依稀记得那个下午,工间休息时,坐在邮局的折叠椅上读加缪的书……在窗外电车导流杆与电线的磨擦声中,我隐约获得了对上海的认识,一份在声音版图上不断延伸、不断修改的速写。"20年后,在2003年"非典"大流行期间,孙甘露在《当你咳嗽读什么》一文里,依旧在不倦地劝说读者返回加缪的世界:"伟大的加缪,通过鼠疫发现世界之荒谬,而时髦的人则通过瘟疫发现时髦。"

作家格非在颂扬鲁迅的遗产的同时也宣称,在"鲁迅和加缪、卡夫卡之间是有可比性的。"马原在谈到加缪小说《局外人》的技巧时说:"整个小说,加缪写得冷静至极,从始至终不显露出一点激动情绪。 语言丝毫不露声色,多用短句,几乎看不出人物的思考,甚至有些罗嗦,但所有的细节都有意义——始终都是绝对的冷静与克制,将读者的情感和情绪控制得牢牢的,简直密不透风。"(《阅读大师》)这是中国小说家在其书写实验中获得的印象,它远远超越了翻译家和学者的干枯理解,散发出形而下经验的浓郁气息。

加缪、马尔克斯、里尔克、卡尔维诺、海明威和米兰·昆德拉一起,构成了中国文学自我改造的话语套餐,为文坛留下了智性叙述和文体革命的线索。 在许多先锋小说的文本里，时常会闪烁出加缪的句子，它们犹如被坚硬的文化壁垒所碾碎的贝壳，标示着加缪东行的细微踪迹。

但可以断言，加缪对中国的影响仅限于他的文体。 他的哲学和美学只是经院学者们的研究对象，并未真正融入中国知识分子的灵魂，成为精神生活的秘密指南。 存在主义曾经在 20 世纪80 年代风靡一时，但它更像是一种知识标签，贴在新生代知识者的额头，俨然是自我炫耀的时髦事物。 正因为如此，它像其他风尚用品一样转瞬即逝，在 1989 年之后便烟消云散。 它甚至没有构成一种基本的精神疗法，为辗转反侧的人们解除令人绝望的痛楚。

由罗洛·梅确立的存在主义疗法，是建立在承认生活荒谬性的基础上的，所以它又被称为"意义疗法"。 它认为做人的根本目标就是寻找意义，并借助生活中的苦难来发现意义。 存在主义试图告诉我们，有时候，我们的全部生活，如同一句废话那样伟大而重要。 正如尼采所说，知道为什么而活的人，可以忍受几乎任何怎样活的方式。

存在主义天生就有治疗解除失调性焦虑的机能。 早在 1985年，我就利用存在主义的荒谬原理，成功地说服一位朋友放弃自杀的决定，他也从那时起成了"积极生活的人"。 然而，就宏观图景而言，存在主义并未成为后来中国知识分子的心灵药物。恰恰相反，在那个年代，出现了严重的死亡（自杀）多米诺骨牌效应。 那些曾经大量反复阅读过加缪和萨特的绝望者，选择了激越的死亡方式。 从诗人海子、戈麦、顾城、方向，到青年批评家胡河清和报告文学作家徐迟等，这条黑色的死亡链，是中国存在主义时尚的一个反证：20 世纪 80 年代存在主义在中国的传播，只是一场表面的文化喧闹，它完全没有渗入中国知识分子的灵魂。 被忧郁气质笼罩的中国知识界，丧失了利用加缪进行自我精神拯救的契机。 后来存在主义从中国舞台上的蒸发，再次验证了我的这种断言。

加缪美学的亚细亚式误读

加缪的生命美学被最原始的二值逻辑所笼罩，流露出古老神学教义的单纯气质。 在加缪的陈述中，人与他置身其中的世界、反与正、光明与黑暗、皈依与反叛、希望与绝望、秩序与动乱、理性与激情、憎恨与热爱，等等，所有这些对立的元素互相对位和反错，纠缠在同一个陈述句里，形成奇异的圣经式的张力。"这茫茫黑夜就是我的光明"，"他就是灵魂的走头无路的过客"，"死亡是最终的放纵"，"以最悲怆的声音引出的希望"，"这无泪的充实，这充满我身的没有快乐的和平"……这些彼此冲突的语词被镶嵌在同一个语句里，展开近距离的肉搏，迫使其产生最饱满扩张的语效。 这是内在对抗的教义，但它却根植于语词的深部，犹如从岩石裂缝深处升起并紧密纠缠的藤蔓。

加缪是擅长利用话语表层语词冲突的大师。 他的革命性修辞制造了出乎意料的"二元式反讽"，但这种反讽并未损害其表述的决断性，相反，令他的哲学叙事展现出某种罕见的力度。 不仅如此，在这种对立物的彼此缠绕中，他自身的精神分裂得到了医治。 与萨特截然不同的是，加缪更具神学家气质，他像一个反面的先知，喊出了关于人生和世界的荒谬真理。

尽管加缪的灵魂阻止了与荒谬世界的破裂，但他的肉体却未能幸免于难。 他被飞驰的汽车撞死，这显然是外部世界一次严酷的谋杀，它实施了跟这个孤寂灵魂的最后决裂。 车祸是一个惊心动魄的仪式。 是的，人与其置身其中的世界的疏离不可避免。 加缪号召我们带着这种疏离去生活，但他本人却无法超越大破裂的命运。 存在的荒谬性就在于，世界还是以最激烈的方式，撕毁了与哲学家共存的契约。

作家马原在解读加缪的《局外人》时宣称，他发现了加缪的秘密，那就是他对其自身的冷漠。 加缪死于车祸，他如果就是《局外人》里的那个男主角，一定会觉得这是一个无足轻重的事件。 马原声称，海明威和这个世界硬碰硬，而加缪则放弃了一切抵抗。 在我看来，这是一次典型的文化误读，马原掌握的所谓加缪的"不抵抗哲学"，恰恰就是加缪所要竭力抵抗的事物。 这种彻底的价值倒置，再度向我们展露了"文化交流"的荒谬性。

加缪的女儿卡特琳娜·加缪，在接受英国记者威尔金森专访时指出："局外人不是加缪，但在《局外人》中却有加缪的某些特征，有那种被放逐的印记……他从知识分子圈子里被放逐。 那是一种彻底的放逐。 仅仅是因为他的感性先于理性的思考方式。"毫无疑问，《局外人》是加缪孤寂性的隐喻式叙写，它跟加缪对自身的冷漠毫无关系。

然而，跟马原的误读相比，西西弗在中国的语义转换，无疑是更富于戏剧性的事件。 加缪继承了荷马史诗的叙事传统，确认西西弗因背叛诸神而接受推石上山的永久性惩罚。 加缪宣称，西西弗是"进行无效劳役而又进行反叛的无产者"，加缪的存在主义解读，旨在借助这个古老的符号，揭发"荒谬"状态的诸多意义，并号召我们接受这个伟大的宿命。

奇怪的是，在向中国历史传输过程中，西西弗却没有把中国人引向加缪式的哲思，而是发生了诡异的自我美学变脸，悄然转型为勤劳善良的牛郎董永。 这场语义变乱起源于南中国海的风暴。 南宋、元和明永乐年间，沿循海上丝绸之路，大批波斯人、阿拉伯人、犹太人和北欧人在中国东南沿岸登陆，向当地船夫、商人和普通居民倾销本族文化，但似乎只有少数希腊神话被纳入了中国神谱，成为一种经久不息的信仰。

在闽南和台湾的七星庙里，至今仍然供奉着作为儿童守护神的"七星娘娘"（又称七星妈、七星夫人、七娘妈和七娘夫人）。这其实就是西方天文学的"七姐妹星团"（一组属于金牛座的蓝色恒星，在中国天文学体系里称"昴星团"），在希腊神话中叫做"普勒阿得斯七姐妹"，她们是擎天大力神阿特拉斯的女儿，其中第七个女儿叫作墨罗佩，她的六位姐姐都嫁给了天神，只有她嫁给了一个有争议的凡人国王，那就是西西弗。据说她为此深感羞耻，用纱巾蒙上自己的脸庞，所以亮度最弱，肉眼很难看清她在星空上的美丽容颜。

以害羞而名垂青史的墨罗佩，正是中国"四大民间传说"中"七仙女"的原型。她嫁给凡人的事迹，跟织女嫁给牛郎的事迹相似，结果在传入中国时被世人弄混，墨罗佩成了玉帝的第七个女儿，继而被移花接木，替代"仙女"下凡，当上农夫董永的外籍妻子。

这场古怪的神话移植运动，保留了原型神话的总体叙事结构——西西弗和董永都是不倦的劳动者；并且都以凡人的身份获得天神之女的爱情，最终都在天神的干预下失去了爱妻，由此成为悲剧性婚姻的范例。但西西弗神话的美学语义，却遭到了中国民众的严重篡改。西西弗是痛苦无奈的劳役者，而董永是快乐勤劳的劳动者；西西弗是背叛者和遭人嘲笑的对象，而董永是世人颂扬的道德楷模；西西弗与妻子永久分离，而董永却赢得了一年一度（七夕）相会的权利。中国文化据此显示了强大的喜剧改造能力。

这是截然不同的生存母题，并且注定要从中诞生两种面目全非的美学：从西西弗中诞生伟大的存在主义，而从董永中长出了中国乡村社会的福乐信念。这种改造旨在消解存在的荒谬性，并寻求人与境遇的有限和解。"西西弗-董永案"超越了文化误读和异延的寻常范围。 越过董永所受到的礼赞（他是勤劳和善良的男性象征符码），我们看见了亚细亚乡村伦理消解反抗的强大力量，它足以在我们蔑视的事物面前摧毁我们。 它是中国人民最坚实的道德教科书。 在这一漫长的历史进程中，发生了两个彼此呼应的事件：民众获救了，而知识分子则在死去。

贝克特:一个被等待的戈多

一张布满皱褶的瘦脸和一头耸立的灰发,萨缪尔·贝克特的面孔被印在高高飘扬的旗帜上,成为 2006 年都柏林城的文化风景。 就在他百岁诞辰之年,爱尔兰首府,那个贝克特厌倦和离弃的家园,纪念他的活动变得如火如荼,到处弥漫着这个人的乖张气息。 而他跟祖国之间的嫌隙,却被媒体小心翼翼地掩饰起来。而他跟东方社会的隔阂,则遭到了更多的忽略。

脆弱的出版

以荒诞剧作家著称的塞缪尔·贝克特,其代表性剧作包括《等待戈多》、《终局》、《哑剧》(共两部)、《最后一局》、《克拉普的最后一盘磁带》、《尸骸》、《快乐时光》、《歌词和乐谱》、《卡斯康多》、《喜剧》等。 他还是杰出的小说家,拥有 《莫菲》、《瓦特》、《莫洛依》、《马隆之死》和《无法称呼的人》等一些 20 世纪的小说杰作。 此外，他还有一大堆等待翻译和诵读的诗歌。 我们被告知，这个人诞辰 100 周年了，需要特别加以纪念和缅怀。 中国人加入了这场礼节性的文化喧闹。 他们对这个人一无所知，或者只满足于一些肤浅的道听途说。

回顾贝克特在中国的出版历史，是一件令人不快的事情。用百度搜索，我们可以获得 18 万个结果，其中极少部分指涉英国女外交大臣玛格丽特·贝克特，而剩下的大约 10 万个网页，跟这个叫作塞缪尔·贝克特的男人直接相关。 但这个数字，只是某个明星博客点击数的千分之一，足见贝克特在中国的微弱影响。只要看一下贝克特的翻译出版状况，就会发现，即使这些数量有限的网页，也都是虚张声势的迷雾。

20 世纪 60 年代初期，施咸荣首次把《等待戈多》当作供批判用的"内部读物"引入中国，成为面目可憎的资产阶级艺术象征。 革命的逻辑高声嘲笑着荒诞的逻辑。 这种意识形态气氛构筑了黑暗的布景，而贝克特以文化罪犯的身份登上了中国舞台。

经过"文革"的空白，1980 年上海译文出版社首度出版《荒诞派戏剧集》，1983 年外国文学出版社又出版了《荒诞派戏剧选》（1998 年再版），这两个选本都收录了施咸荣的《等待戈多》译本，这意味着贝克特首次以"资本主义批判者"的合法身份亮相中国。 1986 年，上海文艺出版社出版由袁可嘉等人选编的《外国现代派作品选》，也收录了施咸荣译的贝克特的《等待戈多》和小说《逐客自叙》（涂丽芳译）。 从 20 世纪 60 年代到 21 世纪初期，在长达 40 年的岁月里，中国文学界对贝克特的认知始终停留在"等待戈多"的初级阶段。 这是一种令人惊异的冷漠和无知，把贝克特的文化传播，变成了一场可笑而单调的"戈多之歌"。

在此期间，我们也看见了一些零星而低调的出版碎片。 例如，20 世纪 80 年代在《外国戏剧》上，出现过贝克特的剧作《美好的日子》和《终局》，但那是一种专业杂志，传播面和读者都非常有限。 1999 年 1 月，社会科学文献出版社推出了贝克特的学术论文《普鲁斯特论》，但那不是为了展示贝克特的学术成就，而仅仅是为了给那位普鲁斯特先生锦上添花。 2000 年 12 月，上海外语教育出版社出版《贝克特》（John Pillin 编），作为"剑桥文学指南丛书"中的一本，该书收录了欧美当代著名学者的 13 篇研究论文，但那是用英文印刷的，读者限于极少数高校外语专业的学生和研究者。 2002 年，人民文学出版社出版了高中甫和任吉生主编的《20 世纪外国短篇小说编年》，其中收入贝克特的短篇小说《一个黑夜》（裘志康译）。 它像一个细小的饰品，消失在缀有无数亮片的华丽礼服的皱褶里。

2006 年是贝克特译介的唯一转机，借助诞辰 100 年的商机，湖南文艺出版社向法国午夜出版社（Les Editions de Minuit）买下版权，出版《贝克特选集》，并且将其分为《世界与裤子》、《马隆之死》（阮蓓、 余中先译）、《等待多戈》（郭昌京译）、《是如何》（赵家鹤、曾晓阳、余中先译）和《看不清道不明》（余中先译）等五个分卷。 这是国内首次出版贝克特作品选集，也意味着贝克特的法文作品有了全部中文译本。 贝克特小说大规模进军汉语文学世界。 但贝克特已经失去了在远东"发迹"的最后契机。

《等待戈多（节选）》是人教版高中语文第五册课文之一，在戏剧单元里，跟中国戏剧《雷雨》、《城南旧事》和莎士比亚的《哈姆雷特》一起。 这是荒诞主义进入中学教育的重大突破。在我看来，这才是贝克特在中国唯一的重要收获。

盲目的美学

　　与贝克特作品的冷遇相呼应，贝克特研究也保持了一种散淡和无所谓的调子。　除了在那些综合性选本里作一些宽泛的简介外，始终没有任何深入的专业化研究。

　　1995 年是一个古怪的年头。　这年里发生了三件怪事：首先是贝克特出现在"全球诺贝尔获奖者传记大系"里，一本叫作《荒诞文学大师——贝克特》的传记现身图书市场；其次是河南大学出版社出版了卢永茂等著《贝克特小说研究》，印数仅 1000 册，其研究水准也很值得商榷；最后，就是在同年的 5 月，社会科学文献出版社出版了张容的专著《荒诞·怪异·离奇：法国荒诞派戏剧研究》，作者耗费了整整一章篇幅来讨论贝克特的戏剧。　这些彼此毫无关联的事件，似乎在向人们显示贝克特复活的迹象。

　　但令人奇怪的是，此后中国学术界突然再度失声。　直到 10 年以后，也就是 2005 年 10 月，北京语言大学出版社才出版了王雅华的贝克特小说研究专著，名为《走向虚无：贝克特小说的自我探索与形式实验》（英文版）。　该书通过对贝克特创作的长篇小说《莫菲》、《瓦特》、《莫洛伊》、《马隆之死》、《难以命名者》的比较性研究，阐释贝克特各小说之间的内在连贯性、互文性，主题的层层深入和形式的自我重构。　耐人寻味的是，该论著是作者在其博士论文基础上扩充修改而成。　它意味着在高校扩招和大规模高级学位培养浪潮中，贝克特正在成为专业论文的一个重要选题。

用谷歌学术引擎搜索，搜索"贝克特"有116项结果，其中大多数是发表在各校学报上的学术论文。用中国知网学术引擎搜索，在期刊分类里获2076个结果，在博硕士论文分类里获218个结果，而在会议论文里仅获9个结果。这些检索数据向我们表明，贝克特正在成为没有灵魂的学术垃圾制造运动的牺牲品。尽管学术成果迅速增殖，但贝克特研究却进展迟缓，而且正在成为互相抄袭、仿写和临摹的对象。（以上所引数字为作者撰写本文时的数据）

另一方面，跟中国图书市场相呼应，贝克特研究也在向时尚化的方向转型。在消费一切的社会，贝克特被当成了一件有趣的商品。2006年5月，上海人民出版社出版了名为《贝克特肖像》的图文书，该书除了詹姆斯·诺尔森撰写的三篇纪念文章，大部分篇幅是贝克特本人的照片（含大量剧照），这种视觉化的编辑，响应了中国图书市场视觉化的需求。

贝克特拥有多重文化身份——荒诞剧作家、虚无主义者、当代隐士……这是贝克特的"幸运"，因为其中每一种身份，都会变成文化口红，成为媚俗性消费的对象。

稀疏的演出

跟贝克特在中国文学界、出版界和学术界的遭遇相比，他在先锋戏剧界却拥有少量知音。在"斯坦尼体系"和现实主义统领天下的年代，20世纪80年代的年轻导演，还是从《等待戈多》那里，窥见了新戏剧理念的微弱希望。高行健的《车站》是对《等待戈多》的一种反转性仿写，"借鉴"了某些叙事理念，却丢弃了他的哲学信条，表现出那个年代中国知识分子的人本主义信仰。 在全剧的结尾，一个戴眼镜的书生放弃了在车站上的冗长等待，奋然走向他自己的人生目的地。 这是中国人对荒诞世界的一次戏剧性超越。 这部幼稚的作品，以后成为了中国先锋戏剧的开路之作。

1991年的酷热夏天。 孟京辉导演的《等待戈多》，在中央戏剧学院小礼堂上演。"不华丽、不绚烂，残酷、诗意、幽默，还有暴力，包括语言的暴力和暴力本身的暴力"，孟京辉如此阐释他的导演意图。 为尊重原著与译者，孟还邀请施咸荣担纲文学顾问，由这位翻译家为全体演员上了整整一下午的文化启蒙课，向他们陈述自己对《等待戈多》的心得。 这是公认的第一个先锋版《等待戈多》的出现，它企图揭示隐藏在荒诞生活里的内在暴力。

1998年4月下旬，林兆华启用濮存昕饰演流浪汉，在北京的首都剧场执导了混合版的《三姐妹·等待戈多》，以所谓"复调的结构"，将契诃夫的戏剧传统，与贝克特的颠覆性叙事彼此交织纠缠。 这是俄式写实主义和法式荒诞主义的一次优雅拼贴。

2001年3月，一个江南的早春时节，女性版《等待戈多》在上海肇嘉浜路上的真汉咖啡剧场上演。 剧作家张献和李容、美术设计家王景国、戏剧活动家张余等联袂出击，但其主人公竟由一名女演员担纲饰演。 这种荒诞理念加上咖啡消费的时尚化演出，无疑是一次文化夹缝中的美学妥协。 策划人借此谋求小剧场和民间表演的生存空间，但它还是未能带来任何转机。 两年后，真汉咖啡剧场被迫关门，这无疑也是戏剧本身的厄运。 贝克特所描述的荒诞，成为了上海文化命运的深切象征。

从先锋版、混合版到女性版，中国人在戈多先生身上表现出了自己的诸多阐释能力。 直到2004年5月，爱尔兰都柏林的盖特剧团在首都剧场上演《等待戈多》，中国人才第一次领略了原汁原味的贝克特。 该剧团在世界各地的演出已逾百场，其演出被公认为本世纪最权威的版本。

尽管如此，2006 年 4 月在上海话剧艺术中心的"贝克特戏剧节"上，来自台湾当代传奇剧场的传奇版《等待戈多》，还是用实验京剧的方式，再度炫耀了中国人对西方荒诞主义戏剧的解构能力。 这是贝克特同中国戏曲的一次"最亲密"接触，荒谬、嘲讽的语言，在舞台上转化成唱念做打和东方式的华丽歌舞。 剧中的爱斯特拉冈被叫作"爱抬杠"，弗拉基米尔则被叫作"废低迷"，他们在土坡和孤树下耐心地等待着"戈多先生"。 演员们突破了京剧丑角的表演模式，转向对生命的后现代戏谑及人本主义关怀。

贝克特真相

两个流浪汉一直在等待一位叫戈多的人到来。 此人不断送来各种信息，表示马上就到，却从来没有来过。 他们设想自己的存在具有某种意义，他们希望戈多能来，给他们带来希望，令他们获得某种形式的尊严。 在这里，空旷的舞台就是世界，盲目的等待就是人生，而戈多就是人本主义者宣称的所谓人生价值。

《等待戈多》于 1958 年在美国最大的圣昆廷监狱上演，获得了数千名囚犯的热烈掌声。 他们是真正的"戈多"（关于希望的隐喻）等待者。 贝克特的天才叙事，直截了当地说出了他们的境遇。 而在此之前，所有的戏剧（文学）都在向他们说谎。

囚徒是"等待阵线"中最前沿的战士。 他们用掌声喊出了对贝克特的信任。 法国人则耗费了 4 年时间（1953—1957）才逐步看懂了他的喜剧。"贝克特是有史以来最勇敢，也最冷酷的作者"，哈罗德·品特聪明地说道。 哈罗德是荒诞派戏剧的另一名重要成员，但他的戏剧始终无法企及贝克特的力度。

贝克特原先是个小说家，风格酷似卡夫卡，却比那个孤僻的奥地利人走得更远。 他的解构式小说在技术上根本无法推进。他的书写就是一次自我绞杀，每个句子都是对上一句子的否决，并不断把自己送进无路可走的绝境。 在中国，北村的小说曾经面临相似的困局。 他后来在上帝那里找到了出路。 但贝克特正好相反，他在黑色喜剧里找到了叙事的出路。 库切宣称，正是戏剧的表现力帮助贝克特走出了死胡同。 剧作家爱德华·阿尔比言辞夸张地赞美说："贝克特的剧作，诗意在递进，文字越发精简，都织入了戏剧化的言语和行为。"这就是所谓"极简主义者"的文化容貌。

贝克特苦闷的终极关怀，绵延在小说三部曲《莫洛依》、《马隆之死》和《难以命名者》之间，却在喜剧《终局》里发生了最后的破裂。 那个叫"哈姆"的男人拿上帝开涮说："那狗崽子！他根本就不存在！"《终局》是荒诞主义作品中最黑暗荒凉的一部，其间隐藏着大量隐喻，以传递对人类终极存在的关怀和绝望。 这个半途而废的爱尔兰"新教徒"，终于找到了上帝不存在的证据。

这无疑就是一切荒谬之上的那个最高的荒谬。 尤金·尤奈斯库说："荒诞就是缺乏意义。 在跟宗教的、形而上的、先验的根基隔绝之后，人就不知所措，他的一切行为就变得毫无意义，荒诞无用。" 不仅如此，在贝克特看来，人生的核心问题是，人对自身的存在完全无能为力。

写作正是谎言的一种本质形态。 加缪和萨特都洞见了荒谬，但他们却坚持用理性主义和诗意的笔触去描述荒谬的现实。贝克特及其同事所推动的话语革命，终结了这一叙事传统。 他们找到了用荒谬（话语）讲述荒谬（本体）的方式。 在荒谬的命题上，形式和内容获得了惊人的统一。 人借助荒谬的美学，握住了存在的荒谬本质。

事实上，中国人爬行在贝克特所描述的世界里，已经很多年了。 娱乐消费浪潮，不断加剧着存在的荒谬性，还更加无耻地消解、颠覆和解构着人的荒谬感。 正是在那些狂欢中，我们丧失了对痛苦的基本感受力。 这是现实和感受之间的严重分裂。 纪念贝克特诞辰，不是为了追逐一场消费浪潮，也不是为了等待那个毫无指望的"戈多"，而是要说出存在的严酷真相，并借此修复我们的文化神经。

马尔克斯：百年孤独之外的喧嚣

中国"马粪"

为纪念马尔克斯代表作《百年孤独》出版 40 周年，以及他荣获诺贝尔文学奖 25 周年和 80 岁诞辰，墨西哥文学界为定居该国的哥伦比亚作家加西亚·马尔克斯举办了一系列活动。 1967 年，《百年孤独》在阿根廷出版，第一个星期便售出 1.5 万册，迄今已在全世界以 35 种文字销出了 3000 万册，而中文盗版，应当与这个数字大致相当。

马尔克斯在中国经历了噩梦般的盗版时代。 这场混乱至今都还在持续之中。 在没有国际版权公约的约束下，未经作者本人同意，上海译文出版社早在 1982 年就于"外国文艺丛书"书系中，推出了《马尔克斯中短篇小说集》，其中包括《恶时辰》、《没人给他写信的上校》、《枯枝败叶》、《一件事先张扬的谋杀案》等，中短篇收得比较全面，这是马尔克斯首次在中国本土的亮相。

两年后，即 1984 年 8 月，上海译文出版社推出基于西班牙语原文的《百年孤独》译本，由黄锦炎、沈国正和陈泉翻译，并纳入"二十世纪外国文学丛书"书系，由此掀起《百年孤独》的翻译出版热潮。 1991 年，浙江文艺出版社再版了黄译精装本和平装本。 1994 年，上海译文出版社又以"世界文学名著珍藏本"的名义，再次出版黄译精装本。

然而，《百年孤独》英译本，被公认为是数十种外文版中的最佳译本，因此，高长荣以此为基础，同时参照俄译本，推出了一个新的汉译本，1984 年 9 月由十月文艺出版社出版，跟上海译文出版社的黄译本形成对垒的格局，但高译本在所有《百年孤独》汉译本中，具有最佳声誉，只是该版封面为咖啡色，色泽黯淡，设计相当简陋。 1993 年，高译本进行了第一版的第六次印刷，封面改进为白色，但简陋的特征，并没有多少改变。 这种幼稚粗陋的容貌，正是中国出版业"土鳖"时代的缩影。 1994 年，中国文联出版公司以"世界文学译丛——高长荣译文集"的名义，再版了这个译本，封面上印着一个满脸褶子的老人，以此象征百年孤独的拉丁美洲。

1993 年 9 月，云南人民出版社推出了第三个著名译本，那就是吴健恒老先生的"全译本"，作为"拉美文学丛书"之一，其第一版采用了恶俗可笑的情色男女封面。 1995 年第三次印刷时，该书再次被收入新编的"拉美文学丛书"书系，封面设计有明显改善，为两棵木刻风格的枯树。 该书被列为"国家八五重点图书"项目。 后来，中国少年儿童出版社和中国青年出版社联合出版的"希望书库"，在 1995 年收入了此书，以此作为"希望工程"的一部分，但因是未发行版，并未标明定价，我们也无法查询其内部发行的数量记录。

除了上述三种比较权威的译本之外，内蒙古人民文学出版社在 2000 年推出过全全芳译本，内蒙古少年儿童出版社与内蒙古文化出版社则于 2001 年联手推出舒锦秀译本，后者还被编入"世界文学名著经典译林"书系，并在国家图书馆 2005 年文艺类图书借阅排行榜上名列前茅。西苑出版社于 2003 年推出潘立民译本，收入"世界文学名著珍藏译本"书系，封面为一个头戴圆形宽檐帽的古巴人，跟书中描述的西班牙种族相差甚远，受到不少读者的嘲笑。

北岳文艺出版社于 2001 年出版过宋鸿远的译本，封面为一西班牙服饰的风情女郎，跟云南人民出版社的恶俗版有异曲同工之妙。此外，时代文艺出版社在 2005 年也有一个类似的译本。1993 年以内蒙古远方出版社名义推出的"世界文学名著百部"，100 册分 3 箱包装，标价高达 8800 元，其中第 14 部是《百年孤独》，译者于娜，尽管质量令人生疑，但在其他出版社《百年孤独》都已断货的情况下，这是人们目前从网上所能订购到的唯一译本。

台湾地区推出过两种通过英译本转译的版本，首先是宋碧云翻译，远流出版公司在 1982 年出版的《一百年的孤寂》（在台湾，马尔克斯一般被翻译为马奎斯），这个译本是"世界文学全集"书系的其中之一；其次是杨耐冬翻译，台北志文出版社在 1984 年出版的《百年孤寂》。有评论者认为宋碧云的译本更为动人，该译本在 2002 年 4 月再版，封面采用了胡奥·杜菲所绘的马尔克斯头像，看起来甚为精美，而杨耐冬也从英文转译了名为《马奎斯小说创作集》的马尔克斯中短篇小说集。

与《百年孤独》汉译本的百家争鸣局面相比，马尔克斯其他著述的命运似乎要简单一些。蒋宗曹和姜风光翻译的《霍乱时期的爱情》，1987 年 7 月由黑龙江人民出版社出版，此外，漓江出版社在同年 12 月出过徐鹤林和魏民翻译的译本，列入"获诺贝尔文学奖作家丛书"书系。西苑出版社推出的译本，封面上竟是一个微笑的外国时尚男子，露出了好像牙膏广告里的表情，下面一个热带美女略带迷茫地看着远方。这种低俗的设计，为中国出版业提供了典范的反面教材。

早在 1985 年 7 月，山东文艺出版社就推出了由伊信从俄文译出的《族长的没落》，尽管是一种转译，但译文优雅，广受好评。1987 年，北京三联书店又推出林一安翻译的《番石榴飘香》。1991 年，云南人民出版社在"拉丁美洲文学丛书"里推出王银福译的《一个遇难者的故事》。山东文艺出版社在 1999 年以"长颈鹿丛书"名义，推出马氏专家朱景冬等译的《爱情和其他魔鬼》（收录该文及《无人来信的上校》）。《世界文学》杂志则推出了《迷宫里的将军》。此外，中央编译出版社于 2004 年 1 月推出过李德明和蒋宗曹译的《一桩事先张扬的凶杀案》，这是一个对上海译文出版社《马尔克斯中短篇小说集》的仿本，并无太多的新意。

相比之下，中央编译出版社在 2001 年出版的朱景冬的《诺贝尔奖的幽灵：马尔克斯散文精选》，显示了更多的推进，把对马尔克斯的译介，从小说扩展到散文领域。此外，云南人民出版社《两百年的孤独——加西亚·马尔克斯谈创作》，则有助于中国读者了解马尔克斯的文学理念。外国文学出版社出版的《回归本源——加西亚·马尔克斯传》（达索·萨尔迪瓦尔著）和新世界出版社出版的《加西亚·马尔克斯传》（陈众议著），分别从中西两个角度，关照马尔克斯的个人生活，填补了马氏研究的空白。

《百年孤独》以及马氏各种小说的汉译浪潮，其实早在 1992 年就已戛然而止。这是因为该年 10 月 30 日，中国加入了由联合国教科文组织管理的《世界版权公约》，而当时所有已经面世的译本，都未获得作者的授权。而按该公约的规定，没有经过作家本人授权，公约国无权出版该作家的作品。这意味着以前的"盗版"局面，从此将受到严格管束。

大量的盗版激怒了马尔克斯，他拒绝向中国出售版权，甚至扬言说，即使在他死后，中国也休想得到他的授权。 他的版权代理商则声称，除非中国方面偿还盗版造成的数百万美元的经济损失。 不仅如此，老马还迁怒于其他汉语地区，包括拒绝把版权授给台湾。 马尔克斯作品的汉译本，面临严重的"断流"危险。只有少数民营书商，还在购买边缘出版社的书号，继续从事盗版的营生，以粗劣的翻译水准，满足着中国"马粪"（马尔克斯粉丝）的阅读饥渴。

中国作家的仿写运动

尽管马尔克斯作品的汉译本面临浓重的版权阴影，但经历了20多年的自由译介之后，马尔克斯事实上已经完成了对中国读者的影响，高中语文课和部分大学中文系，均已将《百年孤独》列为教材。 三联书城最近发布的"20年来对中国影响最大的100本书"名单中，《百年孤独》赫然在列。 此外，《博览群书》杂志选编的《读书的艺术》，向读者推荐"近20年来对中国社会有重要影响的20本书"，也收入了《百年孤独》。 这些迹象都向我们验证了马尔克斯在中国公众心目中的重要地位和意义。

但仅有这些表面的热烈场面是远远不够的。 马尔克斯的灵魂，已经渗透到中国作家的语法里，并与卡夫卡、博尔赫斯和米兰·昆德拉一起，对当代文学产生深远影响。 我们可以列出一个长长的作家清单，他们包括莫言、贾平凹、马原、余华、苏童、格非、阿来等，几乎囊括了所有创作活跃的前线作家。

《百年孤独》成为中国文学从伤痕叙事转型的教科书。 一种"马尔克斯语法"在作家之间流行，犹如一场疯狂的西班牙型感冒。

　　许多年以后,面对行刑队,奥雷良诺上校仍会想起他的祖父带他去见冰块的那个遥远的下午。

　　这个《百年孤独》的开卷句式,出现在许多作家的笔下,从马原的《虚构》、莫言的《红高粱》、韩少功的《雷祸》、洪峰的《和平年代》、刘恒的《虚证》、叶兆言的《枣树的故事》,到苏童的《1934年的逃亡》、余华的《难逃劫数》和格非的《褐色鸟群》,等等。

　　这是时空的双重移置,即从当下作家的书写场景移置到奥雷良诺上校的场景(空间),以及从行刑场景移置到"遥远的下午"(时间),由此造成了一种鲜明的他者化效应。 他者为主语的书写,制造了作者和叙事对象的疏隔,由此跟此前的以"我"为主语的伤痕文学和朦胧诗划清界限。 这是中国文学整体性转型的时刻。 马尔克斯的"他者叙事",帮助中国人跟幼稚抒情的状态决裂,步履蹒跚地走向后现代的前沿。 与此同时,他的"拉丁美洲魔幻",他的传说、神话、童话、巫术、魔法、谜语、幻觉和梦魇的拼贴,都令那些被"现实主义"禁锢的中国作家感到战栗。

　　然而,中国的前线作家始终面临"抄袭"的指责。 早在20世纪80年代,就已出现过大量批评声音,称先锋小说对马尔克斯和博尔赫斯有过度模仿之嫌。 而在2007年初,网友黄守愚与老英子,又在天涯等论坛联合发布题为《余华〈兄弟〉涉嫌剽窃》的帖子,将矛头直指余华的小说《兄弟》,认为他的《难逃劫数》与《许三观卖血记》,就是模仿和剽窃了马尔克斯的《一桩事先张扬的凶杀案》和《百年孤独》。 甚至《兄弟》的开头,也仍然笼罩着"马尔克斯语法"的浓重阴影——"我们刘镇的超级巨富……李光头坐在他远近闻名的镀金马桶上,闭上眼睛开始想象自己在太空轨道上的漂泊生涯，四周的冷清深不可测，李光头俯瞰壮丽的地球如何徐徐地展开，不由心酸落泪，这时候他才意识到自己在地球上已经是举目无亲了。"

　　我不想在此谈论中国作家模仿运动的得失。但"马尔克斯语法"对中国文学的渗透，却是一个无可否认的事实。长期以来，马尔克斯扮演了中国作家的话语导师，他对中国当代文学的影响，超过了包括博尔赫斯在内的所有外国作家。其中莫言的"高密魔幻小说"，强烈彰显着马尔克斯的风格印记。但只有少数人才愿意承认"马尔克斯语法"与自身书写的亲密关系。对于许多中国作家而言，马尔克斯不仅是无法逾越的障碍，而且是不可告人的秘密。

老人的乌托邦

　　马尔克斯与秘鲁作家马里奥·巴尔加斯·略萨长期以来都将对方视为仇敌。1976 年的某天，在墨西哥的一家破旧影院里，两个南美汉子曾大打出手。但这坚冰似乎有望消融。略萨已经同意为纪念版的《百年孤独》撰写序言，而马尔克斯也欣然接受了这一戏剧性安排。

　　但这种表面的和解，不能遮蔽两人之间的政治分歧。略萨是著名的右派，曾经作为右翼派别候选人参选过秘鲁总统，而马尔克斯则是坚定的左派分子，并且是古巴前领导人菲德尔·卡斯特罗的支持者和密友。这种长期的政治友谊，对一个自称"百年孤独"的作家构成了尖锐的讽刺。显然，这只是一种有限的孤独，它在古巴境内得到了超越。

只要探查一下马尔克斯的简历我们就会发现，他担任过古巴拉丁通讯社的记者，又在去苏联旅行后写下了不少激情洋溢的游记。 他还公开发表过大量政治宣言，声援古巴的"雪茄社会主义运动"。

《百年孤独》出版后，立即被誉为本世纪最伟大的小说之一，赢得多种国际性文学大奖，成为几十种语言的畅销书。 瑞典文学院也破天荒地放弃固有立场，盛赞马尔克斯在政治上坚定地站在穷人和弱者一边，反抗压迫与经济剥削。 在诺贝尔文学奖的受奖词里，马尔克斯坚信一个类似共产主义的乌托邦就要实现。他宣称，那是一个新的、真正的理想王国，在那里没有人能决定他人的生活或死亡方式，爱情将变为现实，幸福将成为可能。 在那里，那些注定要忍受百年孤独的民族，将最终也是永远得到再次在世界上生存的机会。

但当时就有人断言，这个奖项无异于给本已声名过高的马尔克斯的创作生命下达了"死亡判决书"。 1985 年，马尔克斯发表了他获奖后的第一部长篇小说《霍乱时期的爱情》，此后的 10 年间又出版了《迷宫中的将军》、《爱情和其他魔鬼》和《绑架轶事》等，但都反响平淡。 在身患淋巴癌之后，他便基本丧失了书写的能力。 直至 2004 年，马尔克斯才推出一部只有 114 页的小说《回忆我忧伤的妓女》，描述了一位九旬老人的心灵愿望，暗示老年人的衰老其实就是心灵的衰老。 这似乎就是他最后的自白。 在精神大幅度衰退之后，他在试图寻找跟世人道别的方式。

马尔克斯的有限创造力，跟中国作家有着惊人的相似之处。他无疑是杰出的作家，但他的文学生命力却只有 10 多年之久。这是马尔克斯的"阿喀琉斯之踵"。 他呼吸在脆弱的乌托邦里，最后就连自己都无法维系这种梦想。《回忆我忧伤的妓女》向我们揭示了一个重大秘密，那就是他的心灵迅速衰老，正是缘于内在信念的瓦解。 马尔克斯一直在向世界说谎。 他的灵魂背叛了他的言辞，而他则靠美国的医疗，维系着日益衰竭的肉身。 但早在20 世纪 90 年代，这位空心的老人就已悄然死去。

索尔仁尼琴：古拉格的叛徒与先知

仅剩的文学巨匠之一、东正教堡垒、"俄罗斯良心"和"政治恐龙"亚历山大·索尔仁尼琴弃世而去，留给世人一个形迹可疑的背影。

作为作家，索氏最值得炫耀的不是诺贝尔文学奖，而是他的两度被清除：1969 年 11 月，他被苏联作家协会开除会籍；1974 年 2 月，最高苏维埃主席团以"叛国者"的罪名剥夺其苏联国籍并将其驱逐出境。索氏先是丧失了官方"作家"的称号，继而又丧失伟大祖国的国籍。这种身份的双重剥夺，正是这个人的最高桂冠。他是作协体制外最伟大的作家，同时又是没有国籍的伟大公民。在 20 世纪，还没有任何作家获得过如此奇特的荣耀。

20 世纪 70 年代中期，当我还是一个中学生的时候，就偷窥了索尔仁尼琴的《古拉格群岛》。越过"内部资料"的栅栏，他的反面乌托邦叙事令我感到震惊。一位从未听说过的陌生作家，正在用畸零的手指，痛击着中国人昏睡的灵魂，让我们闻到了浓烈的叛徒气味。

正如卡夫卡《地洞》里的鼹鼠，索氏躲藏在专制的黑夜里，以敏感的触须，率先感应着某种巨大的威胁，喊出民族苦难的真相。 他擅长用最细小的字形写作，而后把这种蚂蚁天书卷起来塞进小瓶，以孩童的方式隐藏和传递。 这看起来像是一种古怪的游戏，他不仅要叙写故事，还要发展出一种中世纪异教徒的生存异能，以便其作品能够超越被捕和失踪的命运，在尘世间继续流传。

我们看到，小说就是索尔仁尼琴自身黑牢经验的语言总汇。因在一封私信里批评苏联领导人斯大林，这位青年军官在前线被捕，头戴所谓"反苏"罪名，在劳改营里度过长达 8 年的苦难岁月。 铁窗是他全部文学书写的起点。 他从此获得了反抗性叙事的动能。

从处女作《伊万·杰尼索维奇的一天》到名著《癌病房》（Cancer Ward）和《古拉格群岛》（The Gulag Archipelago），索尔仁尼琴坚定地揭露专制政治对人性的戕害。 直到死亡降临，他打开的嘴再也没有闭上。 在豪华的雅尔塔疗养院里，到处挤满了表情谄媚的歌德派作家，他们像苍蝇一样赞美着自己所寄生的体制。 而像索氏那样甘冒生命危险的作家，只有几十位之多，包括帕斯捷尔纳克在内。 他们是支撑民族文学的坚实基石。 他们的良知和勇气，托举起了整个苏联的文学。

正是基于一种政治抗争的立场，他被视为国家的危险叛徒。1971 年，索氏在公共场所被人注射蓖麻毒素，差一点丧命，但这其实只是一个小小的警告而已。 3 年后，他被克里姆林宫逐出国境，移居美国的偏远村庄。 但出乎人们意料的是，他并未高声赞美收留他的白宫，而是开始痛斥西方消费时代的道德沦丧，呼吁以基督的价值重建社会伦理。 这种左右开弓的先知立场，令他在东西两个方向都失去了支持者，成为愤世嫉俗和不合时宜的批评家。

　　究竟是什么在支撑着这个人的独立信念，而不被各种政治势力所收买？ 索尔仁尼琴在自传里宣称，被捕就是他开始忏悔并获得神启的时刻。 他在囚室里听到了上帝的声音。 癌症境遇还提供了另一次更重大的契机。 在流放地哈萨克斯坦，做完手术的后半夜，他和另一位基督徒囚犯展开了触电式的对话。 越过无边的黑暗，病友向他低声说出福音，闪电般击中了索尔仁尼琴的内心。 他从此获得了毕生战胜恐惧的勇气。

　　索氏的终极关怀，与托尔斯泰和陀斯妥也夫斯基如出一辙。他们的三位一体，勾勒出俄罗斯及苏联文学的近现代轮廓。 这是东正教文学的巨大光芒。 在某种意义上，索氏就是两位先贤的翻版——不仅叙写反抗黑暗和寻找光明的先知话语，而且还擅长文学叙事（尽管索氏的文学成就远不如他的前辈，甚至不如同时代的纳博科夫）。 他是孤独的民族祭司，怒气冲天地审判着这个问题繁多的世界。

　　傲慢的流亡者于 1994 年从美国归来，开始向普京致敬。 这是一个富于戏剧性的激变。 他把苏联和后来俄罗斯的衰落，归咎于戈尔巴乔夫和叶利钦的错误，同时盛赞克林姆林宫的现任主人，能够令俄罗斯重修强国地位。 索尔仁尼琴甚至为"独裁者"普京辩解说，西方民主处于严重的危机状态，而俄罗斯不应对此草率模仿。 索氏就这样背弃了恪守一生的民主信念，成为捍卫威权的政治神父。 普京对此大喜过望，亲自到索氏府上造访，授予他联邦国家勋章，还把先知衰老而愤怒的容貌，张贴到全国的大街小巷。 这是一场古怪的联袂演出，塑造着一对互相取暖的国家英雄。 从索氏到普京，俄罗斯艰难轮回了 100 年，并没有走出彼得大帝的阴影。 但在自己的故乡，国家主义先知遇到了比专制更阴险的敌人——它从不囚禁作家，而只是冷藏他们。 在索氏批判市场之后，市场对他实施了反审判。 富裕起来的"新俄罗斯人"主宰了这个自我更新的国家。 索氏著作的销售量急剧下滑，他的短篇小说集《崩解的俄罗斯》只卖出区区 5000 本，甚至不到一个平庸的畅销书作家的百分之一。 人们在书店里已经很难闻到他所散发的气息。 老先知在各地行走，发表愤世嫉俗的演说，偶尔也闪现于电视屏幕上，犹如一件沾满尘土的古董。 在全球娱乐时代，孤独的先知早已丧失了"逗你玩"的功能，而这正是思想和文学的最大悲剧。 和文学一起中风，并死于人类狂欢的午夜，便是难逃的宿命。

施蛰存：蛰伏中的独立与高洁

巴金活过了 101 岁，施蛰存活过了 99 岁，他们犹如一组对偶的镜像，从各自的角度书写了中国文坛的诡异容貌。 用搜索引擎检索巴金的名字，百度可以获得 177 万个结果，与之相比，施蛰存的名字，百度为 5.2 万个结果，Google 为 3.8 万个结果，搜狗是 4.1 万个，而新浪是 4072 个，仅为巴金的四百分之一，他的社会名望，甚至不如一个平庸的网络作家。 这两位世纪老人，身前身后的遭遇竟如此悬殊。 不断涌现各种"奇迹"的中国社会，再次创造出一个反面的价值奇迹。（以上所引数字为作者撰写本文时的数据）

一个是京师高官，一个是一介书生；一个只有短暂的写作生命，一个却一直延续到岁月的尽头；一个文学建树有限而以"大师"之名受到热烈颂扬，一个是中国短篇小说大家而遭长期冷遇；一个毕生渴望自由却被迫为别人"活着"，一个则低调地保持了灵与肉的自由；一个力倡真话却被各种谎言所包围，一个则在缄中守护着内在的正直……这种"比较文学"，向我们展示了生命悲喜剧的复杂含义。

　　我最初获知"施蛰存"这个名字，是借助鲁迅先生的杂文。他以"洋场恶少"和"叭儿"的身份，赫然列入长长的鲁氏骂人名单里。名单上的其他名流，还有"刽子手"胡适、"革命小贩"杨邨人、"乏走狗"梁实秋等。对于我和许多文学少年而言，首次"出场"的施蛰存，只是一个可笑的反面角色。长大后我才懂得，这是一场革命文豪制造的误会。

　　在华东师大中文系就学期间，由于辅导员周圣伟老师是施蛰存的关门弟子，我从他那里听到了一些这位蛰居本系的隐者的轶事，并开始对其古典文学的精深造诣有所窥见。而真正了解其文学原创成就，却是在20世纪80年代中期。当时中国文坛出现翻案风潮，胡适、周作人和林语堂等"反动作家"被重新阐释，而"新感觉派"小说也咸鱼翻生，成为出版社竞相再版的文化资源。我借此阅读了施蛰存的全部作品，并对这位短篇小说大家萌生出新的敬意。

　　从那时至今，施蛰存被"平反"已达20多年，媒体甚至称其为"中国现代派鼻祖"，但其文学成就仍未受到足够的重视。他的都市心理小说，与沈从文的乡情小说，是中国文坛对称的两大支柱，共同完成了对现代短篇小说的话语建构。他的《追》、《梅雨之夕》、《春阳》、《鸠摩罗什》和《将军的头》等，代表了短篇小说的杰出成就，却难得在现代文学作品教材里现身。近2000种"现代文学史"，唯独没有关于施蛰存的正确评价。他的孤独，从生前一直延续到了身后。

　　施蛰存的名字，隐藏着生命策略的密码，那就是"蛰"而"存"之。他"蛰伏"在文化的深冬，犹如一头机智的鼹鼠。他是依靠蛰伏而得以长寿的幸存者。面对大规模的意识形态清洗，曾经出现过形形色色的幸存者——阿谀奉承者、曲意逢迎者、卖身求荣者，等等，唯独没有狷介正直和洁身自好之士。施蛰存以99岁高龄辞世，显示了一个罕见的生命奇迹。

施蛰存不是顾准式的文化英雄，他言辞并不激烈，却保持了知识分子的气节；他虽不能"大济苍生"，却做到了"独善其身"。 他的学识直逼钱中书，而气质则近乎陈寅恪和沈从文。陈寅恪晚年为明妓立传，颂扬其政治贞操；沈从文则被迫转向古代服饰研究。 施蛰存在 1950—1958 年从事文学翻译，被戴上"右派"帽子之后，他便开始把玩金石碑刻，"文革"后又专治古典诗词，在那里默守独立的人格和自由的尊严。 他毕生洁净，没有那些遍及整个知识群体的道德污迹。

施蛰存晚年患有严重耳疾，双耳几乎完全失聪，只能靠书写来完成对话。 但他的写作却一直延续到生命尽头。 耳聋阻挡了尘世的喧嚣，令心灵变得更加恬淡而阔大。 他的短文语词温润，闪烁着洞察世事的智慧。 1991 年秋天我去愚园路拜访他时，他仍然住在普通民居里，连厨房和卫生间似乎都与邻人共用。 老人坐在正午的阳光里，玉面皓首，周身散发出幽默和睿智的光泽，俨然一代大家的风范。 他戏言跟我几十年前就是密友，当然，他指的是另一位叫"朱大可"的故人。

施蛰存终生不言政治，甚至很少公开谈论道德。 但在《纪念傅雷》一文中，他却意外地吐露出抗争的心迹。 他盛赞傅雷的刚直性格，声言自杀就是对其刚直品德的自我塑造。 施蛰存在结尾写道："只愿他的刚劲，永远弥漫于知识分子中间。"这不仅是对傅雷的评价，也是追思者自身的信念。 施蛰存外柔内刚的卓越品格，在对故人的追思中不慎泄露，犹如一道犀利的闪电，照亮了光线昏暗的文坛。

张爱玲:优雅小资的造魅与去魅

　　张爱玲的小说叙事制造了文学史的奇迹——她比同时代作家拥有更大数量的粉丝。 这是作家和读者共同造魅的后果。 在这场文化造魅运动中,张爱玲既是被造魅的对象,也是最重要的造魅者。 这种双重身份,塑造了她的暧昧面目。

　　几乎所有的大陆读者,都把张爱玲当作中国小资的祖师奶奶。 张所表述的 20 世纪 40 年代的上海趣味,是"张粉们"最痴迷的气息。 她的自恋、敏感、时尚、优雅、纤细、尖刻、算计、世故和练达,成了上海女人的象征,进而演变为小资美学的最高典范。 那些"兀自燃烧的句子",诸如 "生命是一袭华美的袍,爬满了蚤子"等,令"张粉们"心旌摇荡。 瑰丽的"张语"如天降甘霖,降临在她们头上,仿佛是一场盛大的文学洗礼。

　　张爱玲遗留的摩登影像,加剧了其作为小资偶像的命运。她生前的口红、眼影、粉盒、假发,被精心拍摄并四下流传;而张爱玲早期的旗袍形象和发型,风姿绰约,更符合小资的历史想象。"超级的宽身大袖,水红绸子,用特别宽的黑缎镶边,右襟下有一朵舒卷的云头——也许是如意",老眼昏花的作家柯灵,对此发出语义暧昧的赞叹。 更多的青年小资，也汇入高声赞美的队列。 没有任何一个女作家比张爱玲更符合视觉优雅的尺度。

张爱玲的自恋，是遭到小资热爱的第三原因。 一个孤芳自赏的女人，犹如古希腊神话中的那尔客索斯，狂热地爱着自己的水中倒影，并且因得不到这倒影而憔悴至死。 她的早期小说就是这样一种照镜叙事，其间每个人物都含有她自身的代码。 而这正是她备受宠爱的原因。 张爱玲是照亮一切小资的镜子，她们在她的面容里窥见了自身的影子。 而张爱玲与胡兰成的爱情，则更是浪漫派小资的样板，让她们从一个被拒绝的失意女人身上获得慰藉。

正如其小说《流言》所暗示的那样，张爱玲就是市井流言的轴心，受困于世人对隐私的狂热爱好。 她甚至就是所有都市流言的总体性象征。 她的早期小说，仿佛是一种经过美学包装的流言，叙说着那些微妙琐碎的人情世故。 不仅如此，她本人的身世和履历，更是流言飞旋的焦点。 在其自传体小说《小团圆》问世之后，她的私生活再度被各种流言和猜测所环绕，迅速演化为21世纪的人肉盛宴。 张爱玲本人的"裸体"出演，满足了市民的窥私渴望。 她是自我献身的文化烈士。

这就是"张爱玲魅力"的四种根源，大致可以成为读者热恋张爱玲的逻辑依据。 张谢世之后，她的读者变得更加狂热，在每一场与张爱玲有关的狂欢（如电影《色·戒》的公映）中粉墨登场，扮演她的守望者，继续为她的身体和文字造魅。 没有任何一个作家拥有如此坚贞的粉丝群众。 张的拥戴者，早已跟张的骨肉融为一体。

但上海沦陷期的张爱玲，并非就是其全部表征，而只是其人生多面体的某个侧影而已。 张的一生，至少分为三个时期：租界小资期、反乌托邦期和人格分裂期。 但她却遭到粉丝团的严重误解，以为她们所触摸到的单一的肢体，就是张爱玲的全部。

在我看来，这还不是文化误读中最荒谬的部分。小资"张粉们"拒绝面对的严厉现实，是张爱玲的自我背叛——从华美的袍子里，找出了成群结队的虱子。1952 年以后，张爱玲跃出都市小资的限定，甚至抛弃《小艾》式的歌德主义实验，投身于更为深刻的乡村经验之中，去书写独立批判的文本，由此打开政治祛魅的艰难道路。

美国时期的张爱玲，陷入了人格分裂的严重状态。她的《红楼梦魇》毫无才情，写得枯燥乏味，令人难以卒读，暴露出她对于人性和人情的极度淡漠。而与此同时，她依然在奋笔书写《小团圆》，被青春期的创伤记忆所纠缠。这正是张爱玲晚期的精神特点。但这破裂始于她的童年，并在孤岛时期就已初露端倪：一方面精于世故，一方面不谙世事；一方面冷漠寡情，一方面婉转多姿；一方面看淡男女之事，一方面却被恋父情结所困而难以自拔。

异乡人与外部世界的疏离，在晚年变得日益严重。那个"沿墙疾走的苍白女子"，成为典型的幽闭症患者。她畏惧跟所有陌生人对视、交谈和来往。《小团圆》是其接通记忆家园的唯一走廊。她穿越时光，在旧岁月里跟自己告别，并宣判他人一起死亡。

张爱玲在其去世前一年，出乎意料地公开了自己的玉照，成为一次充满隐喻的宣示：她容颜衰老，毫无表情地瞪着镜头，手里拿着刊登某国领袖去世消息的中文报纸。这死亡象征着政治造魅运动的历史性终结，而在试图传递流亡者仍然健在的信息之际，张爱玲没有笑意，却露出苍老冷漠的容颜。这超出常规的举止，就是自我祛魅的信号。这张意味深长的照片，同时揭出政治祛魅和自我祛魅的两种事实。

《小团圆》跟此影像有密切的呼应。它是超越常识的写作，也是《秧歌》祛魅叙事的延续：华袍捉虱运动，从国族的层面转向了自我。 面对造魅运动的强大潮流，张爱玲向自身发出了"致命的"一击。 她成了一个冷眼捉虱的"他者"，以自我解剖的方式，把依附在灵魂和肉身上的各种暗昧虱子，逐一展示给那些热爱窥私的观众。 张爱玲讲述美国堕胎的故事，回忆自己用抽水马桶冲走四个月婴尸，笔触节制，语气超然，仿佛在转述一个跟本人毫不相干的事件，显示出惊世骇俗的一面。 她借此嘲笑自身，也嘲笑那些造魅群众，但这不是所谓"自虐"的需要，而是基于一种内省的勇气。 她从这审判中获得了自我解构的尊严。

张爱玲卒于 1995 年，又在 2009 年版的《小团圆》里第二次死去。 那些被其文字所滋养的群虱，继续在造魅并吸取她的遗血。 这正是张爱玲所痛恨的场景。 缄默的亡灵是不幸的，在两度谢世之后，她还要被迫面对这喧闹可笑的众生。

郑念：向高贵而坚硬的灵魂致敬

2009 年 11 月 2 日，杰出的中国女性郑念在美国华盛顿仙逝。 这个日子，距离柏林墙被推翻 20 周年的纪念日，只有短短的一个星期。

郑念的《生死在上海》（*Life and Death in Shanghai*，方耀光等译，上海百家出版社，以下简称"生死"），是中国第一部以"笔述实录"方式反思"文革"的独立回忆录，由此推动了个人回忆录出版的多米诺骨牌。 出版者在封面加上"自传体小说"的字样，是一种用以自卫的符号，以便在遭到政治追查时，可用虚构性体裁的理由进行自我辩护。 此类手法在 20 世纪曾被广泛运用。 例如，人民文学出版社前社长韦君宜，撰写关于延安整风运动的回忆录《露莎的路》，不得不饰以"小说"体裁。 读者必须在阅读时进行语法转换，才能握住"小说"的真实意义。

但"生死"不是虚构的小说，而是真正的历史纪实文本，像里程碑那样，屹立在中国现代史的前沿。 跟《露莎的路》使用化名的小说笔法截然不同，"生死"以第一人称直陈事实，时间和地点确凿无疑，文中所涉人物，绝大多数都以真名出场。 无论从内容到样式，都呈现为典型的回忆录样式。

20 余年以前，我第一次读到了《生死在上海》，惊诧于郑念的这段黑暗记忆，跟我本人的生活曾发生过戏剧性的交集。 根据郑念的描述，她在 1973 年出狱之后，被安置在上海太原路 45 弄 1 号二楼居住，跟我所在的 25 弄，属于一个小区，我们两家之间，相隔只有几十米之远。 这一历史细节，激活了我的童年记忆。

我出生于襄阳南路，两岁时全家便搬到太原路上。 这是典型的欧式建筑群落，包含四排西班牙风格的建筑和一个小小的汽车间广场，当时号称"外国弄堂"，如今改名为"太原小区"。我还记得，在 1973 年到 1977 年期间，我时常看到那位叫作姚念媛的"无名氏"，独自出入于弄堂，风姿绰约，衣着华贵。 她孤寂而高傲的表情，给我留下了深刻的印象。

她的南面斜对面——63 弄 2 号，住着著名的英文翻译家方平，1976 年前后，我时常去他家玩，以一个技校学生的身份，跟他阔论文学、摄影和政治。 郑念家的正对面和隔壁，住的都是我的小学同学，也是我童年玩耍的主要地点之一。

跟郑念同排、相隔几幢房子，也即我家南窗的对面，住着中国胸外科奠基人之一，上海胸科医院院长顾恺时。"生死"里曾经提到过这对患难夫妇。 他的女儿，一位在云南插队的知青美女，曾跟我的密友"大头"展开过短暂而狂热的姐弟恋，而我这个毫无经验的"菜鸟"，一直在幕后给予热心指导。

"外国弄堂"及其四周，住着许多"不三不四"的"历史余孽"，如民国首任总统黎元洪的大公子、中共创始人陈独秀的女儿。 陈独秀的外孙跟我玩过两年，后来突然失踪，据说去了新疆。 民国鸳鸯蝴蝶派的代表人物、《秋海棠》的作者秦瘦鸥，就住在我家隔壁，他们夫妇俩身材高瘦，经常并肩出入，犹一双形影不离的筷子。 他之所以被红卫兵批斗，除了写"毒草小说"之外，还因为他居然胆敢用印有毛主席像的报纸包书。

回忆录里，还提到了居委会主任卢英和派出所的户籍警"老李"，这也是我熟悉的两个人物。 12岁时，一名凶恶的邻居突然冲进家门来殴打我，我被迫举起菜刀自卫，被其他邻居死死抱住。 事后，卢英同志对我进行了严肃的批评教育，而"老李"则没收了我的菜刀，还耐心指导我写下生平第一份"检查"。 他给我的唯一称赞是："小赤佬，侬咯字蛮好嘛！"

郑念是深居简出的，她对人的审慎和猜疑，流露在她拒人于千里之外的表情上。 她唯一亲密接触的几个人中，应该包括沈克非的妻子程韵。 这是其回忆录里被省略的部分。 程韵是母亲的好友，里弄工作的积极分子，热衷于在知识分子和大资本家的家属之间展开联络，组织各种活动。 她的丈夫沈克非，中国外科学奠基人，上海第一医学院副院长兼中山医院院长，曾任民国卫生署副署长。 由于她的牵线，我母亲不仅跟宋庆龄有过往来，也跟郑念有过少量的接触，作为燕京的校友，她们似乎有些共同的话题。 但到了1977年，由于父亲去世后长期陷于抑郁状态，母亲需要彻底改变环境，我们不得不跟"外国弄堂"告别，搬进陕西南路与绍兴路交界的一处花园别墅。 母亲告别了自己的悲痛记忆，而我则告别了阴郁的童年。

"外国弄堂"的"文革"情境，郑念本人并没有见识过，因为她的搬入，已是运动后期。 1966—1967年之间，这个小区完全陷入了红色恐怖的迷雾。 灰皮运尸车经常驶入，从某幢楼里抬出用白布包裹的尸体。 这种阴郁的景象印刻在我的记忆里，犹如挥之不去的噩梦。 而郑念的噩梦则固化在臭名昭著的"第一看守所"里。 在那里，她必须独自面对各种暴行——饥刑、铐刑、拳打脚踢刑和精神虐待刑，以至于遍体鳞伤、内外交困。 但她奋力抗辩，坚决捍卫个人的自由与尊严，拒绝莫须有的"间谍"罪名。 她甚至拒绝被释放，除非把她关起来的人向她道歉。

这是极其罕见的场景。 我们就此看见了中国女性反抗精神的伟大品格。

依据互联网上的时尚解读，郑念的家庭被阐释为"姚家三美女"。 这个"性感组合"，包括姚念媛（郑念本人）、郑念的妹妹姚念贻（上海电影译制厂的配音演员），以及郑念的女儿郑梅萍（上海电影制片厂演员）。 郑梅萍在"文革"中被造反派迫害，"自杀"身亡，其真相扑朔迷离，至今仍是难以索解的悬谜。而在丈夫亡故、女儿被杀、家人背叛的情形下，郑念虽四面楚歌、孑然一身，却保留着良知与勇气，这内在的美丽穿越了那个时代的严酷黑夜。

郑念就学于左派阵地的伦敦经济学院，其左翼立场是不言而喻的。 而正是这信念促使她选择跟家人一起留在大陆，以期能以自己的西方背景为新中国建设效力。 这曾是无数知识分子的良善理想，但经过包括"文革"在内的历次运动，这夙愿早已化为齑粉，仿佛是一堆被飓风卷走的尘土。 正是由于英国壳牌公司的背景，她沦为疯狂猜疑和迫害的对象。 郑念的遭遇，俨然是白桦的电影《太阳与人》中那位画家的现实投影。 在乌托邦小说《1984》里，奥威尔进一步阐释了这种荒谬的语法——永不停息地从自己人中间制造"敌人"和"敌人的帮凶"。

令作家约翰·库切深感惊异的，是郑念非凡的个人勇气。而我阅读"生死"时，还要惊异于文明的脆弱与坚硬，犹如高贵的瓷器。 红卫兵抄家砸烂了那些优雅的明清古瓷，郑念以自己的机智，庇护了残剩的藏品，并在"文革"后把它们捐赠给上海博物馆。 这是一次富于象征意味的事件。 面对狂热的暴力，华夏文明像明清瓷器一样破碎了，而只是由于"郑念们"的抗争，它们才有望跟郑念一起残留下来，成为未来文化复兴的种子。

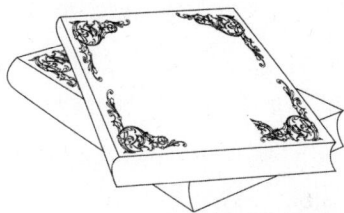

迷离的光影

　　一方面卑贱和软弱，一方面却伟大而坚硬。 葵的这种两重性，正是中国艺术家、知识分子，乃至整个国民的象征。

《无极》：一个馒头引发的血案

一个松软的话语馒头，击痛了电影精英的脆弱尊严。

胡戈的视频作品《一个馒头引发的血案》，以陈凯歌《无极》的部分画面及人物名字作为素材，展开反讽性戏仿。 原作的"碎片"被重新拼贴之后，出现了全新的叙事结构——它以当代"圈圈娱乐城"的血案为母题，批评、颠覆、移置和篡改了原作的语义。 这个话语事件，由于陈凯歌声言起诉，迅速成为 2006 年初最引人注目的文化事端。

早在 1919 年，法国达达主义画家杜尚在达芬奇的"蒙娜丽莎"上画了山羊胡子，并写下"她有一个热屁股"的字样。 这是历史上最著名的颠覆事件，也是利用现存文化元素再创造（颠覆性创新）的范例。 戏仿总是一面嘲笑原作，一面又利用原作制造新的语义。 在杜尚之后，近 100 年以来，西方的戏仿运动风起云涌，至今没有终止的迹象。 按照"侵权论"的逻辑，马塞尔·杜尚就应当是艺术史上最大的侵权者之一，他"无耻"地侵犯了达·芬奇的权益。 但达·芬奇的后人从未出面指控杜尚及其同伙。 这并非因为它超出法律保护的时限，而是由于它根本就不是司法问题，而仅仅是一次用来搞笑的文化修辞事件而已。

胡戈的"血案"，沿着杜尚指引的"造反"道路奋勇前进。它使用了《无极》的素材，却没有抄袭原先的母题，更与商业赢利无关，它是一次来自公共言论空间的自由阐释，或者说是一次孩童式的拆卸，含蓄而精确地反讽了原作，并借此拼贴出一个全新的"法制新闻"故事。胡戈可以为其对原作的蔑视而道歉，但完全无需为他的"剽窃"而内疚，因为他从未触犯法律，他仅仅触犯了原作者的面子而已。

尽管在思想和技巧上都还稚嫩，"血案"还是激怒了原作导演，侵权诉讼的威胁之声响彻云霄。那些指责胡戈的律师，已经在公众面前暴露了其自身的弱点。从虹影小说《K》被诉"色情"，到湖北作家涂怀章因小说《人殃》"诽谤"而遭判 6 个月拘禁，"非法"干预文学艺术，正在成为一种恶劣的时尚。

陈凯歌与胡戈的冲突，无疑是两大话语势力冲突的最新表征。早在 20 世纪 80 年代中期，解构和颠覆的后现代时代，就已经悄然降临。从王朔的小说《一半是火焰，一半是海水》开始，经过电视剧《编辑部的故事》，到周星驰主演的电影《大话西游》，反讽的语法逐渐支配了大众话语，成为遍及小说、电视、短信和口头段子的基本言说规则。《分家在十月》开辟了视频戏仿的先河，它以苏联电影《列宁在十月》为素材，展开对央视内部事务的辛辣反讽。歧义、多义、无中心、零深度……所有这些都宣告了话语威权的崩溃。戏仿是现今时代的话语标志，旨在打造哄客们的语言狂欢。

与此形成鲜明对比的是，陈凯歌信奉的仍然是"正谕话语"——一种威权主义的话语体制，它要求语义的单一、严密、崇高和不容置疑。"满神"企图扮演这样的角色，她在宏大的"神话叙事"里陈述真理，宣示命运，俨然一位飞翔的真神，但她头发翘起的天使形象，却显得如此古怪，构筑着一个可笑的视觉谎言，并最终成为胡戈所无情嘲讽的对象。

陈凯歌曾因先锋影片《黄土地》和《孩子王》而崛起，对中国电影话语的进化作过重大贡献。 但第五代导演具有叙事上的基因性缺陷。 陈凯歌和张艺谋必须依靠先锋文学（苏童）和港台文学（李碧华）提供的脚本才能自如地说话。 而经过 20 多年的蜕变，陈凯歌的精英叙事变得更加支离破碎，他甚至不能有效地组织起一个 90 分钟的电影故事。

不仅如此，作为伪神话的《无极》，既不能完成精英思想的隐喻式转述（它所塑造的"满神"及其思想训诫，完全是一堆空洞无物的符号），把伟大的抽象信念转交给民众，也无法展开世俗情感的陈述，准确传递现实人生的经验。 影片中不断出现各种可笑的哲理和日常逻辑错误，导致它在电影院里遭到观众的反复哂笑，跟张艺谋《十面埋伏》的命运如出一辙。 第五代导演的集体性文化失语症，已经到了令人发指的地步。

陈凯歌的失语症不仅出现在影片的叙事层面，也出现于外部交流的层面。 但这不是胡戈的问题，因为胡戈能够轻松地解读和解构《无极》，而陈凯歌却无力消化松软的"馒头"。 他甚至不能识读戏仿和反讽——这个来自新世纪的话语礼物。 他的起诉理由最为滑稽，竟然是胡戈的"无耻"。 这个陈旧的道德判断，彻底误判了胡戈的解构性叙事的本质。"馒头血案"是文化反讽，却不是道德侵犯，更与"无耻"毫无干系。 在精英导演与数码青年之间，存在着严重的"语法障碍"，他们甚至无法展开最原始的对话。

陈凯歌是世袭知识精英的代表。 他不仅继承了父亲陈怀皑的事业，而且超出了导演的命运，成为隐秘而强大的制片人。 与张艺谋一样，他是知识精英和资本精英的联合体。 这种两栖精英的身份，奠定了他作为中国强势集团代表的坚固地位。

然而，在人民当家做主的社会，耗费巨资制作低水准电影，不仅滥用了文化权力，也滥用了资本权力。张艺谋拍摄《英雄》，耗资2.5亿人民币，拍摄《十面埋伏》耗资2.4亿，而到了陈凯歌的《无极》，所花资金居然已高达3.4亿元。这场娱乐资本竞赛的狂潮愈演愈烈。

更为令人吃惊的是，这场声势浩大的资本竞赛受到了所谓"票房业绩"的数据支持。但中国票房的概念，是建立在"一次性消费"的脆弱基础上的。张、陈影片推介会的花费，动辄数千万元，意在把人"忽悠"进电影院。由于庞大的人口基数，只要每个观众看上一眼，赢利目标就能轻易实现。这种飘浮在人口海洋上的票房利润，依赖于华丽而疯狂的媒体宣传，与影片自身价值没有任何关系，恰恰相反，在影片质量可疑的前提下，它只能借助广告暴力绑架天真的民众，借此制造高票房的假象。

不仅如此，以个人声望吸纳有限的国家和民间资本，导致张、陈二人基本上垄断了电影资源，摧毁了小成本电影的发展空间，使得本已无望的中国电影的前景，变得更加令人绝望。

占有知识和资本的双重权力的陈凯歌，当然有足够资金来雇佣律师，打赢"馒头"官司，捍卫自己的"艺术声誉"。但这场官司的背后，恰恰是娱乐业大鳄和互联网草根间的冲突。在严重缺乏"和解精神"的中国社会，和解正是"馒头官司"的最佳出路，否则，陈凯歌可能会面临双重的挫败：在自取其辱的同时，为大众塑造新的文化英雄。

"十三钗"：情色爱国主义的高音

在谈论贺岁大片《金陵十三钗》之前，不妨先简单回顾一下张艺谋电影的进化路线图。 从民族寻根的《红高粱》，经过民族劣根性批判之《菊豆》，到表达底层痛苦的《活着》、《秋菊打官司》和《一个都不能少》、《我的父亲母亲》，我们看到了一个被张艺谋遗弃的早期自我，它不仅表现出导演的杰出才华，更展示了电影人的基本良知。 而从《摇啊摇，摇到外婆桥》开始，张艺谋开始深化源于《红高粱》的流氓叙事，将其变成一种庸俗的商业文本。

这是一个戏剧性的转折，意味着中国主流电影的价值转向。而后，在《英雄》、《十面埋伏》和《满城尽带黄金甲》中，张艺谋推行赤裸裸的低俗主义，并于花花绿绿的《三枪拍案惊奇》中达到了恶俗的高度。 张艺谋就此完成了他向"三俗"领域（庸俗、低俗和恶俗）的华丽飞跃。

张艺谋、陈凯歌和冯小刚的三位一体，构成由大片主宰的庸众市场。 张艺谋电影＝情色＋暴力＋民族苦难题材＋爱国主义，他制造了政治和商业的双赢格局，由此成为意识形态和电影市场的最大救星。 但与此同时，张艺谋电影的技术指标和媚俗指数都在与日俱增，而《金陵十三钗》的上映，即将迎来新一轮身体叙事的狂欢。

金陵的六朝金粉和秦淮风月，最易引发世人的情色想象。它是中国情色地理的中心。 作为本土最著名的红灯区，秦淮河摇篮催生了名妓董小宛、李香君、陈圆圆、柳如是、马香兰、顾眉生、卞玉京、寇白门，等等，而这个妓女团体的作为，颠覆了唐朝诗人杜牧"商女不知亡国恨"的著名论断。 李香君头撞墙壁而血溅扇面，成为《桃花扇》中献出政治贞操的著名隐喻；柳如是因史学家陈寅恪立传而身价倍增；董小宛则因金庸的武侠小说而名噪一时。 所有这些高尚妓女的事迹，构成了《金陵十三钗》的香艳布景。

而在 1937 年，日军在南京展开旷世大屠杀，据说有 30 余万人被血腥杀害，其中 8 万女性遭到奸杀。 这原本是一个严厉的史实和指控。 它要成为人类反思战争暴行的重大契机。 但在《金陵十三钗》里，情色地理和战争地理，秦淮河的历史风尘和南京大屠杀的血腥现场，这两个截然不同的场景，却发生了戏剧性的叠合，由此构成罕见的电影题材，几乎所有人都会为这种讲述而涕泗横流——一座由西方"神父"主持的南京教堂，于 1937 年收留了一群金陵女学生和 13 个躲避战火的秦淮河上的风尘女子，以及 6 位国军伤兵。 而在大屠杀的背景下，青楼女子们身穿唱诗礼服，暗揣刀剪，代替女学生奔赴日军的圣诞晚会和死亡之约。 这是明末爱国妓女故事的壮烈再现。

最后的赴死场面，是一次向爱国伦理的神圣超越。 叙事的高潮降临了，妓女从普通的性工作者，经过赴死的洗礼，转而成为爱国主义（民族主义）的圣女。"十三钗"虽有经营肉体的历史，却坚定捍卫了民族国家的精神贞操。 这是电影的基本主题和价值核心。 金陵妓女们面对两次精神性献身：第一次向基督的代表英格曼神父（西方的符号）献身，第二次向民族国家（东方的符号）献身，外国人和中国人都将为这种献身而大声鼓掌。

作为一个冒牌的神父，英格曼是沦为流浪汉的"入殓师"，为躲避战争而在教堂纵酒买醉，还要吃妓女的豆腐，却在救赎他人的危机中，完成了自我救赎的精神历程。这是一种源于小说原作者的更为高明的叙事策略，它消解了好莱坞和中国导演及片商的价值鸿沟。严歌苓的小说救了张艺谋，为其铺平通往美国加州的红色地毯。

为了推进影片的炒作事务，片方居然提前公布了女主角玉墨扮演者撰写的《我和贝尔演床戏》一文，事关"好莱坞神父"和中国义妓的激情床戏，这种蓄意的披露，令其成为一件被事先张扬的"桃色案"，并成为片方营造市场气氛的情欲前奏。

这场床戏炒作，是片商营销策略的一次自我揭露。在毫无出路的情欲两边，分别站立着"神父"和妓女，代表灵魂和肉欲两种基本势力。但这场床戏究竟要向我们暗示什么呢？究竟是心灵挣扎的假神父在向肉欲屈服，还是妓女在表演灵魂的超度？抑或是两者的共赢？而事实上，被涂抹成粉红色的民族苦难（死亡、仇恨和绝望），既曲解了民族反抗的本质，也摧毁了基督的信念。但正是这种"教堂情色+战争暴力+爱国主义"的三元公式，预谋着一种双重的胜利——张艺谋圆奥斯卡之梦，而制片者则赢取最大票房。

在全球经济萧条的年代，这部号称投资额达6亿人民币的豪华制作，正在打破中国大片的投资记录。制片人大力鼓吹好莱坞一线明星给中国打工的舆论，旨在平息民族主义愤青的抵制情绪，并掩饰其讨好美国观众口味的基本动机。不仅如此，他还在各类场合赤裸裸地豪言，要拿下本土的10亿元票房，毫不掩饰把影片当作暴利工具的意图。我们已经看到，从《唐山大地震》到《南京！南京！》，有关"发国难财"的民间批评，始终没有停息，而《金陵十三钗》把这种发财模式推向新的高潮。

我们完全能够理解妓女的人性、良知和爱情，也不反对以一种人文关怀的角度，来展示性工作者的政治贞操，但面对南京大屠杀这种沉重题材，制片方却在眉飞色舞地爆炒床戏和豪言票房价值，这只能构成对全体战争死难者的羞辱，更是对 8 万被强奸中国妇女的羞辱。 把大屠杀的教堂变成情场，把民族创伤记忆变成床上记忆，把政治叙事变成身体叙事，把血色战争变成桃色新闻，把重大苦难题材变成重要牟利工具，这种大义凛然的情色爱国主义，难道不是一种价值取向的严重失误？

2011 年 12 月 15 日，是中国电影的又一次午夜狂欢。 距离南京大屠杀很远，而距离圣诞节和票房利润很近。 在 15 日午夜，钟声敲响十三下。 这是一种充满反讽意味的报时，它要越过十三个女人的故事，向我们说出十三种痛苦和抗议。 在十三点时分观看"十三钗"，的确是一种奇怪的体验：一边是斯皮尔伯格《辛德勒名单》和犹太人的哀歌，一边是张艺谋《金陵十三钗》和中国人的视觉欢宴，它们构成了如此鲜明的对比，令我们感到汗颜。 我们将抱着自己的良知无眠，犹如抱着一堆荒诞的现实。

《色·戒》:身体叙事的失败者

李安拍了一部令人"不安"的电影，那就是根据张爱玲小说改编的《色·戒》，它引发了大陆民族主义者的口水示威狂潮。数千万个恶骂帖子堆积在互联网上，形成庞大的暴力话语泡沫。它们来自愤怒的平民大众。 但这丝毫不妨碍另一些人前往香港观摩其未删节版。 一个流行的说法宣称，在 2007 年末，中国人只剩下两件重要的事务，那就是去炒股和去香港看《色·戒》。该时尚居然变成了某种身份标记——它是反叛的，同时也是炫耀财富的，因为这种旅行需要高收入的支撑。 在情色大片的两边，分别伫立着怒气冲天的平民大众和欢天喜地的时尚新贵。 这种破裂的文化图景，正是中国各阶层价值对抗的标志。

在大批判和大狂欢的双重语境里，对《色·戒》的解读变得异常困难起来。 任何评估都将成为一种道德罪恶——不是跟汉奸为伍，就是与体制同谋。 政治伦理的狂热情绪，已经变成了炽热的视觉火焰，它要焚毁掉基本的评判理性。《色·戒》评判的另一个难点，在于我们只能观看被"阉割"达 12 分钟的版本。 面对这种删节，任何电影分析都是无效的。 所幸的是，一个月后大陆出现了台湾版的盗版光碟，其删节长度为 4 分钟，主要针对其间的暴力镜头，虽然比港版更糟，却比大陆版更好。 这个偷渡海峡的半衰版，暂时成了我们从事电影解读的唯一依据。

我们被告知，《色·戒》的轴心就是情色。 王佳芝是西施式的情色间谍，以色相引诱易先生，为政治谋杀提供情报，却被对手在床帏上征服，在关键时刻提示其逃亡，导致整个刺杀计划破产。故事的逻辑关键在于床帏。 究竟是怎样非凡的性爱或情欲，导致了一个女人的背叛？ 李安宣称，所有的答案都在床戏之中。

在三段床戏里，干瘦的易先生跟王佳芝发育不全的身体形成奇怪的对称。 他们是一对动物式伴侣，无法引发我们对于美妙身体的憧憬。 第一次的强暴和兽奸，第二次的教科书式的图谱造型，第三次的激烈射精，三者在动物性上极其相似，没有获得升华和递进的契机。 第一次和第三次之间的唯一差异，在于易先生放弃了粗野的举止，转而变得温存起来，仅此而已。

《色·戒》床戏只出现了两个隐喻镜头，首先是王用枕头堵住易的眼睛，这可能暗示王害怕易看穿她的本相，而另一个隐喻，则是室外警卫和狼狗站岗的插入画面。 毫无疑问，狼狗是易先生的象征，却只能暗示男人的性本能，不能完成情感的诗意升华。 这隐喻是错误的引导，完全偏离导演的主旨。 除此之外，长达 8 分钟的床戏，没有出现更多的精神性修辞：它既没有杂耍蒙太奇的"阐释"，也没有诗意的特写，更没有互相缱绻的温情。 尽管面对日常生活场景，李安显示了把握历史细节的卓越能力，但在性爱的造型话语方面，他甚至比印度和越南等地的亚洲导演更为贫乏。

女间谍和他的对手就此展开了一场纵欲的狂欢，他们的身体被摄影机赤裸裸剥开，被肆意炫示着。 除了表演者是著名演员以外，这些床戏跟劣质三级片没有什么区别。《色·戒》的性本能是低俗的，王和易，俨然是嫖客和妓女之间的粗鄙关系。

　　这种纯粹的性欲能够支撑王佳芝的背弃吗？　毫无疑问，它在逻辑上是可疑的，除非李安蓄意要把她塑造成某种性欲狂。我们无法在床戏以外的场合得到验证。　购买6克拉钻石的场面，充满情欲和政治信念之间的暧昧冲突。　在王的复杂眼神里，我们可以读出微妙的情意。　但这情意并未出现在做爱的现场，以致那些嚣张的床戏镜头沦为一堆冗余的废物。　除了能够吸引有观淫癖的观众之外，它根本无法推进叙事的逻辑。

　　这种失控导致了《色·戒》身体叙事的断裂。　那些造型猥琐的性交场面，不足以把色情游戏推向它的反面，也就是推向李安期待的背叛。　浪费了十几分钟的床戏篇幅，却没有建立情欲和背叛的因果链索。　在那些历史讲述的精细布景中，李安身陷于他难以驾驭的困局。　这是易先生和王佳芝的挫败，更是导演李安的挫败。

　　在李安的身体叙事背后，隐藏着一种无处可逃的黑暗，在枪毙王佳芝时，它涌现在爱国者所面对的无限深渊里。　屠杀场面是用于点题的，揭示着人性的极度阴郁。　这种黑暗性不仅存在于易下令枪毙王的细节之中，而且渗透于野兽般的做爱、关于捕杀爱国者的血腥谈论、残酷的拷打，以及逃出咖啡馆的歇斯底里举止等，甚至扩散到了张爱玲式的麻将桌上。　在"太太政治"的权力空间，女人的纤手、暴露在旗袍外的玉臂和大腿、卷曲的烫发、头饰和钻石指环、无聊的家常絮语，都散发出冷漠无情的气息。　正是这巨大的黑暗锁住了李安，令其无法完成对情欲以及暧昧的题写。

　　《色·戒》又一个失败者是张爱玲女士。　作为电影脚本的原始文本，时尚女作家暴露了小说叙事方面的严重弱点。　她甚至连完整转述历史的能力都不具备。　整部小说混乱、破碎、苍白无力。　它的唯一好处就是设定了一张恒久的牌桌，那是"太太政治"的轴心。　一篇三流小说，为一部二流电影提供了叙事起点。

记忆之白、红、灰

—— 周海婴的境匣人生

作为鲁迅的独生子，周海婴用照相机接续了鲁迅的事业——观察"后鲁迅时代"，记录那些经过选择的影像，用数万张底片，为我们提供了独特的私家记忆。"我在摄影中找到了自己的乐趣，如今却无意间为大家与小家留下了凝固的瞬间。"周海婴在影集自序《镜匣人生》中如是说。

我们可以清晰地看到此间的两种转向：

首先是从旧国家的批判者，转向了新国家的记录者。《冲胶卷》暗示了这种转变。文字悄然隐退了，或只呈现为一个事后追加的标题，而影像跃出相机的光学镜头和皮腔，成为表达意图的基本工具。作为摄影爱好者，周海婴的大部分作品属于日常习作，但也有一些达到经典水准，像"打针"颇有沙飞和吴印咸之风，而"熟食小贩"和"斜视"更是传神的力作，可以视为周海婴的代表作。

其次是从批判者转向赞美者。相对前者而言，这是更深刻的转型。从1943年开始，周海婴就踏上了憧憬新事物的行程。在上海杜美公园，一群衰老的"民主人士"晒着太阳，仿佛在跟旧时代道别。 这幅摄于1947年的照片，体现了摄影少年对外部世界的敏锐观察。 到了1948年，年轻的周海婴随同母亲一起，秘密加入红色叙事的行列。"东北进行曲"是其核心部分，它记录了"后鲁迅时代"知识分子的重大转型。

站在历史的拐点，周海婴的主题摄影，从家庭转向了阔大的社会变革。 1949年夏天在济南，他拍摄了"新生"：在简洁的画面上，一个婴儿坐在澡盆里洗浴，面对镜头，他的背后是空旷的大街。 这幅以新生为题的照片，象征着一个纯洁的新国家的诞生。 在东北，他还拍摄了"土改后的喜悦"，展现农民对新土地政策的拥护。 漫长的东北之旅，应该对周海婴的摄影观产生了深刻影响。

纵观所展出的周海婴作品，就题材而言，可以分为三个板块，他们分别对应了周海婴生活的三种状态。

第一是家族的白色自我叙写。 这是全部叙事的根基。 记录鲁迅家族的各种日常琐事，具有重要的文献价值。 白色，就是让家族形象保持一种干净清新的风格。 周海婴承担了这个使命，他必须要借此回应世人的好奇和探究。 这场叙写，首先必须充分展示其与鲁迅的政治血缘。 早在1943年，周海婴还是16岁少年时，他就拍摄了自己母亲的端庄形象——"誊写鲁迅日记的许广平"，这不仅是周海婴全部摄影生涯的起点，也是家族叙事的逻辑起点。

这一板块中最具戏剧性色彩的，是周海婴妻子看着公公画像的那幅"凝望"。 这幅类似摆拍的作品，用以阐释家族政治血脉的自我延展。 我把它视为新人迈入家族门槛的视觉仪式。 晚辈的凝视，犹如一种继承鲁迅精神意愿的目光誓言。 正是在这种隔代和跨性别的守望中，媳妇被接纳为大师家族的一员。

除了政治血缘，周海婴的摄影还要表述家族的世俗血缘。本次影展出现了许多家庭内部的影像记录——"全家福照片"、

"许广平肖像"、"婴幼儿时期的周令飞"、"祖孙情"、"周建人一家",等等。 那些正在老去的前辈和正在成长的晚辈,驳杂地浮现在人们的视野里。 此外还有各种日常生活场景,如"逛公园"、"在人民食堂喝茶"、"周海婴结婚"、"全家聚集在家中吃饭"。 这些看似琐碎的图像,透露了"后鲁迅时代"鲁迅家族的诸多细节,足以满足热爱窥探名人隐私的大众的好奇心。

周海婴摄影生活的第二种状态,就是展开红色政治颂扬,其中的东北红色之旅,很容易成为观者关注的焦点,因为它指涉的那些著名民主人士,组成了1948年的政治群像,其中既有左翼知识分子郭沫若、沈钧儒、马叙伦、宦乡、侯外庐、翦伯赞和许广平,也有原国民党将领蔡廷锴和李济深,更有时任中国共产党东北局副书记的李富春。 这些人的东北聚会,拉开了新中国民主政治协商会议的策划序幕。 正如周海婴所说,此事"对外严格保密,没有摄影记者跟随,所以,我的这几帧照片应该算作唯一历史见证的'孤本'了。"

在那堆老旧的胶片中,我们不仅看到了民主人士参观访问(沈阳故宫、水电站、烈士纪念碑)的行迹,而且也看到他们在沈阳访问农户和参加土改斗争,以及李德全在土改动员大会上发表讲话的场景,而作为一种视觉花边,我们还看到了王任叔父子、担任桌球教练的沙千里、在火车上打牌度日的李济深和朱学范。 这些看似寻常的图像,暗示了知识分子对新中国的无限憧憬。

除了东北之旅,在周海婴的日常摄影中,我们还能继续窥视到各种热闹的政治场景。 其中北海公园的那幅女生照片,俨然是王蒙的小说《青春万岁》的视觉翻版。 它要描述一个在新中国成长起来的女青年的全部幸福感和满足感。 这个纯洁女孩的影像,就是20世纪50年代初期时代精神的象征。 历史瞬间冻结起来,给全体新国民以难以言喻的希望。

　　早在 20 世纪 50 年代初期，中国人的日常生活，就已经充斥着各种令人眼花缭乱的政治节目。在街道，是居民的政治学习和集体读报；在大学校园，是运动会、团体操、广播体操、运动会，以及庆祝反帝斗争胜利的大会等；在更广阔的公共空间，是农业展览会、苏联专家、中苏友好纪念会、五一游园和第一届人大选举场景等。这种纷繁的政治生活样态，此后将笼罩中国人达大半个世纪之久。

　　而作为一个影像记录者，在其关注"民主政治生涯"的同时，周海婴还把镜头对准了灰色的生活地带。这种日常场景没有太多政治意味，而只是赤裸的生活本身。我们借此走近了那个时代的市井民俗。其中下层人的"斜视"，表达出对拿照相机的"有钱人"的严重不屑，成为小市民反叛精神的一个戏剧性写照。而那些黑白街景，如北京前门、北海公园、公园鱼缸、小贩、圆明园废墟、穿军装的小孩；那些今天已经消失的民俗，如包粽子、看中医、冰糖葫芦、零嘴担子、南货担子、修鞋担子、摇煤球、洗马桶；那些日常生活图景，如繁华的龙华庙会、流落都市街头的乡村难民、杜美公园里的聚会和舞蹈、淮海路上的大水、石库门弄堂邻居、清心堂婚礼、黑人牙膏广告、跑马场的政治广告、健美健将摆谱、武师街头开弓、街头拳击，学扯铃、幼儿园的儿童。所有这些图片像拉洋片一样，不断掠过我们的视线，编织着关于 20 世纪四五十年代的历史拼图。

　　周海婴关于京剧名伶言慧珠的照片，是其中比较罕见的艺术摄影作品，它用逆光勾勒出一个美女羞涩和满含希望的轮廓。这是来自新中国的光芒，它最初是温馨如梦的，照亮了梨园艺人的锦绣前程。周海婴说，"我不为了'猎奇'，只希望让它们证明时事。"而这正是私家记忆的价值，它以细小的触手，启动了广阔的联想和反思，并帮助我们从昔日的赞美之途，大步回到历史批判的现场。

强光的暴行

——解读蒋志"光系列"叙事

光叙事简史

眼睛、世界和照亮世界的光，乃是影像诞生的三种根基。 本体论意义上的光，也就是光与暗、光明与黑暗的二元论，渗透于琐罗亚斯德教（拜火教）、佛教、犹太教和基督教等教义之中，成为光明、温暖、真理、正义和爱的不朽象征。

光是一种正面的势力，也是建构乌托邦的核心材料。《旧约》明确写道，上帝说要有光，于是就有了光。 这是人类关于自我诞生前夜的简洁叙写。 神把光带给大地是基于一种大爱。 光就此成为救世主的记号，用以抵抗世界的黑暗属性。 后者属于魔鬼、苦难和创伤记忆。 在《新约》里，上帝就是光本身。 他是最高实体和神学本体论的第一本源。

光是精神修辞学的关键语词。 但在远古时代和农业时代，光跟太阳与火结成了永久的联盟。 太阳是白昼之光的起源，而火焰是黑夜之光的起源。 这两种伟大的事物轮番发出光亮，照耀着我们的眼睛及灵魂。

光的正面叙事，支配了人类轴心时代的视觉模式，它甚至不倦地流动在梵高的眼里，把太阳、星辰、田野和尖顶教堂，都变成战栗上升的火焰。 农业时代最后的火焰歌手，被金黄色的光及其反射物所纠缠。 但那不是画家对光的幻想，而是光在人类视网膜上的一次狂乱的燃烧。

农业时代的光叙事被本雅明所改写。 这是关于煤气灯的诗意讲述。 本雅明提醒我们留神巴黎黑夜街道的昏暗模式。 由煤气灯所塑造的景观，是整个欧洲的黑夜品格。 城市被遮蔽起来，因朦胧的光照而日趋暧昧。 跟以往任何年代相比，巴黎之夜更狂热地散发出情欲的热力。 尽管欧洲城市今天已被新光源所照亮，但它还在延续本雅明时代的浪漫气味。

光母题在中国古典绘画中是严重缺位的。 文人的画作中只关注永恒的白昼，而对太阳和火焰表现出罕见的冷漠。 这不仅是因为水墨技法在光叙事方面的无能，而且还基于一种阴性的道家哲学。 这种哲学鄙视阳性的光热，转而推崇柔弱昏暗的事物。在老子的《道德经》里，只有一种语句指涉了光的存在（"和其光"），它旨在教导人们去调和并削弱光的功能。 老子是"玄"（黑夜、黑色和黑暗）以及"恍惚"和"混沌"的守望者。 这种"前光照时代"的保守立场，顽强地支撑着本土画家的古老信念。

20 世纪晚期的现代化浪潮，彻底改变了这种古老的中国传统。 跟西方的晚期资本主义密切呼应，转型中的中国正在忙于构筑"盛世"和"21 世纪最强大国家"的政治理想。 并激越地向世界喊出震耳欲聋的声音。 2008 年，巨大数量的互联网帖子，跟遍及各地的接力行动遥相呼应，展开狂热的奥运火炬传递。 火焰令人迷狂，全世界都在目瞪口呆地观看。 在某种意义上，这正是关于"光"的一次激动人心的叙写。

　　在大多数情形下，那些古典和现代的绘画艺术，既省略了光叙事，也放弃了对光的历史反思。蔡国强操纵的光爆艺术，就是典型的"国家之光"，它所拥有的颂扬性语法，可以被所有国家主义庆典征用，成为点缀盛世的明艳花边。只有少数人洞悉了光的更复杂的本性。蒋志的光线叙事就是这方面的例证。在中国本土的文化语境里，蒋志居然如此质疑，光"已经足够强大，完全可以模拟一次暴行。"他甚至发出了下列追问："那突然降临的东西真的是幸福吗？还是经过伪装的灾难？"这是关于光与暴力之间逻辑关系的深刻陈述，或者说，这是一种反转的知识，完全违背《圣经》的语义，企图揭示被《圣经》省略的事实。光与暴力之间的这种反常关系，构成了蒋志作品的起点。

彩虹叙事

　　在蒋志观念摄影的逻辑序列中，火焰以焰火的样式现身了。这是农业文明体系的最高火焰形态。它由一些化学配方组成，能够按人自身的愿望展现或升现在天空，幻化出明亮瑰丽的花朵。在冬季的雪地上，这种火焰无法用于取暖，却足以为弱小的生命下一次定义，勾勒出幸福的瞬时轮廓。这是一种类似安徒生《卖火柴的小女孩》的叙事，它反讽性地抵近了实存的真相。在玩偶们蜷缩和倒伏的寒冷地点，焰火被延时曝光拉出无数条光的细线，并在风力作用下发生弧状弯曲，织出某种华丽柔软的言辞。

　　雪地焰火在所有火焰中最为脆弱，它不仅在时间上转瞬即逝，而且不产生任何热量辐射，也就无法为贫寒者提供必要的能量。 它的唯一价值在于出示了某种希望，而这就是蒋志"光系列"的批判性起点。

跟焰火相比，彩虹似乎在蒋志光谱里扮演了更重要的角色。它是光线本身，更是光照的后果，也即一种发生在暴雨后的修辞性图式。 正如《旧约》所说，它要表达大地与天空的和解，却总被民众视为一种来自天空（神）的承诺，而且还要进一步扩展为乌托邦的华丽标志。 彩虹的这种语义错乱，为意识形态的神话叙事，开辟了宽阔的道路。

蒋志的"过去式彩虹"，现身于那些黑白色的《老照片系列》之间，同时展示在 2008 年的录像作品《尘世彩虹》里。 在那些表达效忠立场的"文革"集体照上，有一些弧状的彩色诠释线，它们看起来像是某种天然彩虹，跟黑白的历史（现实）发生严重错位，暗示出那个年代中国民众的精神特征。 他们置身于黑白二维的单调世界，衣着质朴，表情纯真，眼里满含希望，憧憬着空洞无物的天空。 蒋志所添加的彩虹，恰好填补了被摄者的视线空白。

蒋志的"现在式彩虹"，处理的是完全不同的素材。 它们横跨于大都市上空，构成了物欲和情欲的双重隐喻。 这是消费时代所制造的幻象，叠加于盛世国家的蓝图之上。 那些现代化街区和高楼大规模生长，成为都市的视觉主体，而彩虹则成为一种纹章，穹顶般加盖在都市上空，描述这种新生活的轮廓。 跟"过去式彩虹"有所不同，"现在式彩虹"由都市霓虹灯（另一种电子彩虹）的碎片混合而成，它们是彩虹的二次方，以极大的力量诠释着消费主义的奢靡信念。 物质文明如此现实地环绕我们，看起来更为真切，因为它几乎就是一个唾手可及的事实。

蒋志的"天安门彩虹"，是宫式建筑天安门和 21 世纪人民的超时空组合。 在那幅名为《彩虹 3 号》的作品里，彩虹变得如此完美，从两侧的宫式路灯上端发出，越过尖耸的旗杆，以优雅对称的半球式弧线，无懈可击地笼盖在城楼正上方，犹如一道神的封印，宣喻着它的伟大、光明和正确。 而人民则在下方仰望、欢呼、拍照和窃窃私语。

天安门的视觉叙事，已经越过了 100 多年的历史。 从"五四运动"的爱国主义游行，经过毛泽东对红卫兵的大规模检阅，20世纪 80 年代的政治反思，到 21 世纪的观念摄影艺术，这条叙事链还将不断延伸下去。 岁月无法削弱诠释者对这座建筑物的酷爱，恰恰相反，基于体制的自我延续，新的叙写还将层出不穷。

强光叙事

蒋志向我们转述了新的"都市之光"。 上海外滩的泛光照明，制造出都市的幻象，而蒋志的光线叙事，则从彩虹转向了夜间照明。 2007 年 8 月 8 日，上百名歌手共同演唱主题歌《我们准备好了》，而与此同时，就在天安门城楼的背后，涌现了巨大的辐射光线，其情形俨然是红太阳的冉冉升起。

作为公共演出的《北京奥运会倒计时一周年》向我们证实，中国确实已经为此"准备好了"伟大的光线，它们照射着都市的面孔，指望把后者变成迷人的世界橱窗。 天安门背后的扇形光柱，是一种典型的太阳叙事，即把太阳的轮式辐射径直接驳到天安门城楼。

强光所热烈渲染的不仅是庞大建筑，而且也包括那些个体生命。 他们注定要被迫接纳强光的福音，并对这种福音作出必要的回应。 在蒋志的录像作品《要有光》中，被强硬的光束击中之后，人产生了各种难以名状的情绪反应，其间包含着拒绝、恐惧、麻木和喜悦等。 尽管如此，那些多元形态的表情却散发出了幻灭的气息。 面孔在强光下发生熔解，表情变得模糊不清，许多细节开始丧失，为观看者留下猜想的空间。

蒋志的影像还表明，个人被强光照射之后，会出现悬空和腾飞的效应，仿佛被大口径子弹打中，不仅脸部发生溶蚀，有时整个头颅都消解殆尽。 只有身躯保持了明晰的细节——他们站立或飞跃，维系着人的美妙姿态。 而这正是身体狂欢的特征，也是关于强光暴行的隐喻。

向日葵与太阳的对白

　　许江的《致葵园》——巨大的葵阵，无言地坐落在浙江美术馆的大厅里。 那些巨大的葵的愁苦影像，制造了强烈的视觉冲击。

　　葵园叙事，长期以来就是宏大政治叙事中的重要部分。 人们一直把太阳和很多事物联系在一起，比如太阳和花朵、太阳和黑暗、太阳和土地等，诸如此类的隐喻会引起我们很多联想。 我们都是"文革"时期"向阳院"里长大的孩子，"向阳"这个词，跟葵花有着内在的隐喻关系。 我们这代人身上都有这个深刻的政治印记，所以，葵的符号必定具有浓烈的时代气味。

　　葵的叙事体系是三位一体的，"葵园"这个命名清晰地表述了这点：园是大地，葵就是人，而太阳是天，这就构成了完整的"天-人-地"的三位一体。 葵的特征究竟是什么呢？ 在观看许江作品时可以发现，首先是它的群体性。 在许江的作品里，好像没有出现过单株的葵花，它们都是堆积和簇拥在一起的，而且是非常简单的数字式的堆积。 在这之前，我也看到过这种堆积。比如在张艺谋的电影里，就有过两次堆积，第一次是早期的《红高粱》，大地上的高粱代表了芸芸众生，其中包含着悲悯和人本主义的情怀。 但到了后期，张艺谋把《红高粱》里的高粱改写成了秦始皇手下那些军容整齐的士兵，这是张艺谋人本主义美学变化的一个重要标志。 我觉得许江刚好相反。 他试图走回到大地、民众和草本植物。

葵花符号的第二个特点，是它的产籽率很高，具有极强的繁殖力。 而这正是华夏民族的特点。 我们是世界上人口最多的民族。 所以，在葵这个隐喻背后暗涉着某种民族叙事。

第三，葵具有鲜明的草根性。 葵花的草根性和红高粱的草根性是非常相似的。

第四，我还注意到葵的无主体性。 今天大家都在讨论这个问题。 这是其实一个常识问题，现在人虽然都很自私、很自我，却没有公民主体性，这是一个的奇怪哲学悖论。 葵没有主体性，而只有对太阳的忠诚、渴望和期待。 这是一种强烈的依附性人格，因为没有阳光，葵就会枯竭而死。

第五，我还从许江的葵里看到那种愁苦性。 葵的大部分造型是凌乱的、萎靡不振的，而且色调是黯淡的，表情是痛苦而无奈的。 它们向我展示出某种悲剧性的力量。 我觉得这才是最重要的立场，其中隐含着对民族历史的重要概括，它还不仅是对我们这代人的描述，更是对整个久远的民族历史的映射。

更值得注意的是，在对葵花的塑造中，许江投放了自己的理想主义情怀。 我特别喜欢陈列在大厅里的那些金属装置，葵变得特别高大，具有强烈的纪念碑形象。 同时，许江还把它们金属化了，也就是让它们变得非常坚硬，因而具有某种永恒性。 巨大和坚硬，这两种属性原先并不是葵的本性，但在许江那里却被赐予了。 这样，许江的葵就出现了精神分裂，或者说是人格分裂——一方面卑贱和软弱，一方面却伟大而坚硬。 葵的这种两重性，正是中国艺术家、知识分子，乃至整个国民的象征。

耐人寻味的是，在葵的叙事中，我们会发现一件东西不在场了，那就是太阳。太阳没有出现在许江的作品里。它令人意外地缺席了。太阳是什么呢？它是父亲、是中心、是威权。葵被太阳抛弃，构成了双重的悲剧：首先是葵没有主体性，必须从属和依附于太阳，这是第一重悲剧；而在这里，它们又进一步遭到了父亲的遗弃，这是第二重的悲剧。

不仅如此，我还要进一步追问，葵究竟意味着什么？我觉得，画家所眷注的对象是双重性的，首先他是许江的一个自我镜像，展示出他自身的葵性，而我们所有人都具有这种葵性——既是高大的，也是卑微的。同时，这葵阵里还包含着一种父亲式的关怀。这就可以回答我刚才提出来的关于太阳缺席的疑问。这无疑是一个非常重要的内在置换，太阳究竟到哪里去了？原来太阳就是艺术家本人。他试图以悲悯的情怀，关注并且描绘着它们，为它们的命运而愁苦。是的，对中国广大民众来讲，父亲的缺失是一个基本事实，但艺术家把自己的人本关怀剧烈放大，企图成为太阳的代用品，并且试图用这样一种关怀去照亮民众。这无疑是一种古典时代的精英主义信念。今天有人提到许江对人类学和现象学的关注，这种学科背景，显然对他的精神架构起了很大作用，因为这些葵就像一个人类学的景观，是宏大叙事中对于种族乃至整个人类的凝视。许江还提到"远望"这个词，这种器官的运动不仅指向了关怀本身，还暗含着某种反思和批判，在悲悯的同时，也涌现出拯救的渴望。所以我想，葵作为一种民族叙事，可能预示着中国艺术未来的某种走向。

微笑的蒙娜丽莎密码

近 500 年来，《蒙娜丽莎》这个编号为 779 的卢浮宫镇馆之宝，是人类艺术品中名头最响亮的杰作，每年吸引了 550 万游客的造访。 达·芬奇的杰作描绘了一个奇异的女人，身着华丽的连衣裙，梳着时髦的贵族头饰，一绺绺卷发散在双肩，体态丰满，两颊绯红，纤指曼妙，玉手如兰，其表情端庄而又性感、安祥而又傲慢、天真而又狡黠、高贵而又妩媚，在其忽隐忽现的微笑里，毫不掩饰地流露出讥讽与挑衅的意味。 它微妙地捉弄着人类的智性，令其成为一个难解的历史悬谜：她到底是谁？ 向谁微笑？ 为何如此微笑？ 在她光芒四射的微笑里，究竟隐含着怎样的人类学深意？

在我看来，蒙娜丽莎之所以成为文艺复兴以来最重要的女性形象，乃是因为她主宰了观者的眼睛和灵魂。 与其说是男人们在观看她的肖像，还不如说是她在俯察男人的命运，并且为之发出无言的笑声。 这笑声回旋在卢浮宫四周，在整个欧洲发出了经久不息的回响。

据说蒙娜丽莎的原型在当该画模特时已经怀孕，这可从画作本身获得证据。 有学者认为，画中女人肿胀的手臂和微胖的脸颊，都表明她是个孕妇，她双手交替放在腹部，正是要掩饰怀孕的事实。 耐人寻味的是，她的手上没有戒指，而在当时的佛罗伦萨，一个富姐不戴指环是不可思议的，唯一的解释是怀孕导致手指变粗，以致她不得不摘下戒指。 对这个"密码"的破译，验证了蒙娜丽莎作为"母亲"的文化身份。

蒙娜丽莎的现身，勾起了达·芬奇对生母的痛切记忆，他向那位生母的化身倾诉了自己的孤独身世。 这次倾诉导致了一场年深日久的爱慕：画家狂热地迷恋自己的模特儿，并且在她的肖像上涂满了隐秘的激情。 但只有弗洛伊德发现了芬奇的秘密，并用"恋母情结"解码了"微笑"的语义。 弗洛伊德宣称，这幅杰作表露出画家对母爱的渴望。 他毕生都在寻找母亲的代用品，蒙娜丽莎之所以成为伟大女性，是因为她就是人类母亲的最高形象。

然而，恋母情结并非达·芬奇的专利，而是整个文艺复兴时代的集体情结，它几乎支配了从达·芬奇、拉斐尔到但丁等所有巨匠的灵魂。 但丁所迷恋的早夭少女贝阿特丽克丝，在《神曲》中她的灵魂导引但丁升登天堂，成为一个慰藉灵魂的母亲。 她一方面如此年幼，一方面又如此成熟，洋溢出母性的温情，不倦地导引着诗人的形而上梦想。 文艺复兴就是一场人类母亲的复活运动，她们从集体记忆的深处醒来，越过漫长的中世纪，向四面楚歌的男人们发出灿烂的微笑。

母性女人是文艺复兴的主宰，她们滋养欧洲男人长达数世纪之久，直到第二次世界大战爆发，这场情感的慈善事业才被意外地终止。 卡夫卡的荒谬世界里没有母亲，有的只是被遗弃的男人，他们是一些卑微的虫子和啮齿动物，孤寂地生活在无尽的黑暗之中，他们的人伦标志就是没有母亲以及所有与此相关的事物。 母亲偶像在战争中死去了，而一种更加自立而成熟的男人，开始在战后大规模涌现，成为新世界的主宰。

　　1998 年，48 岁的澳洲著名女作家琳达，与一个只有 21 岁的男人相爱了。　那是个英俊的男孩，在红灯区英皇十字街的一家小书店当店员。　他们之间的狂热爱情，令我想起了文艺复兴时代的景象。　我曾经这样向琳达发问：他是不是有"恋母情结"？琳达断然答道："不！"琳达说，"我是他的女朋友，不是他的妈妈！"琳达的回答向我证实了欧洲（澳洲）与"恋母情结"的断裂。　基于男性人格的普遍成熟，母亲偶像早已被推向边缘，并且成了第三世界或亚细亚民族的道德专利。　母亲从欧洲的退场，意味着文艺复兴男孩已经长大，而蒙娜丽莎的微笑则将永久地冻结在达·芬奇的画布上，见证着旧时代的梦想、爱情和迷惘。

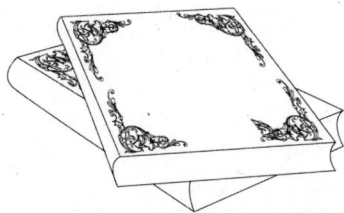

变乱的词语

　　"陸"的叠土形被改为"击"而成"陆"；"愛"字惨遭剜"心"之痛，这些都成了社会的深刻谶语。简体汉字犹如精密的预言，预见了社会道德状态的剧变。

转型中国的三大文化隐喻

　　我们置身其中的是一种转型社会，它是个混合体，由多种社会形态拼贴而成，文化逻辑暧昧而混乱，总体上呈现为动态、多元和精神分裂的特性。我们被告知，它兼具了多重元素，形成了历时性和共时性的织体。这种复杂景观不仅导致了价值判断的错乱，也制造了文化阐释的障碍，令理论解读变得更加困难。

　　转型时期二元对立事物的共时性并置，是文化结构中最引人注目的景象，它包括城市社会和乡村社会（现代社会和传统社会）的并置、居民社会和流氓社会的并置、实存社会和匿名社会（哄客社会）的并置、富有阶层和贫困阶层的并置、大众文化和精英文化的并置，以及民族主义与世界主义的并置，等等。在这种并置结构中隐含着尖锐的矛盾与冲突。

　　以上各项事物的共生和对立，引发了文化领域的激烈争议。其中，文化的功用及其周边环境，是论争的一个重要话题。决定社会演变的主要动力，究竟来自文化，还是来自制度？文化决定论宣称，文化才是决定社会本质的核心要素；而制度决定论则认为，只要解决了制度问题，包括文化在内的任何社会问题都将迎刃而解。关于文化的生长环境，也出现过严重的理论分歧。弱经济论认为，文化是由经济不发达的社会，如古希腊创造的。强经济论则坚持经济繁荣是文化发展的逻辑前提，而后者正是目前最流行的观点。

转型中国的文化研究，不仅要面对上述理论分歧，还要面对三种重要的文化隐喻。 首先是布尔迪厄关于大写文化（Culture）到小写文化（cultures）的观点。 他以字母的大小写为隐喻，要求知识分子从真理叙事、经典文本、高雅品位和神圣使命中解脱出来，转而关注大众的日常生活。 文化创造和消费的权利，不再被社会精英所垄断，而是向全体大众（中产阶级）扩散。 这不仅是一种权利位移，而且也是一次公共伦理和美学趣味的变革。

布尔迪厄的字母隐喻，似乎为文化产业提供了美妙的理论前景。 中国拥有全球最大的人口基数，进入 21 世纪以来，以地方卫视、各地都市报、各类型小说和互联网博客为标志，文化的小写化运动已然发动。 2005 年，"超女"和芙蓉姐姐的联袂出演，开启了中国娱乐元年的全新历程，它意味着符号跃出知识圈层，成为大众消费的主要对象。 一个庞大的符号市场正在形成，并且要对中国经济结构产生深远影响。

第二个隐喻来自近年的汉字争议。 在经历了长达半个世纪的简体字岁月之后，人们突然发现，原有的繁体字比简体字更能表达符号的多媒体特征。 以汉字"听"为例，简体字的"听"的组字原理不知所云："斤"既不是义傍，也不是音傍；"口"作为义傍，跟"斤"之间没有任何关联。 而繁体字的"聽"则完全不同，我们不妨把"耳"当作对耳朵和声音的喻示，把"罒"当作对眼睛和视像的喻示，把"心"当作对语义和思维的喻示，而这正是"形、音、义"三位一体的多媒体符号的基本特征。

"听/聽"的汉字隐喻，阐释了作为消费对象的符号的基本样态。 新的文化逻辑要求符号摆脱传统的单一维度（如传统文学），而投奔针对多重感觉器官的多维媒介，以满足消费者的感官欲望。 经历了上百万年的进化，人类的感官已经钝化，而欲望却在不断升级，向科技呀请着新的发明。 20 世纪下半叶以来，符号的灵魂开始从文学之类的二维平面上挣扎出来，向全新的多维度媒体逃亡，借助电影、电视和网络游戏，在 21 世纪初叶获得了重大胜利。 没有任何一种文字像汉字那样，深刻预言了这场"符号逾越节"的降临。

第三个隐喻来自另一位法国思想家米歇尔·福柯(Michel Foucault，1926—1984)，他以隐喻的方式，谈论了垂直书写和水平书写的文化关系。 福柯宣称，基督教文明和伊斯兰文明都属于水平书写的文明，它们之间的区别在于由左到右，还是由右到左。只有东亚文明是垂直书写。 福柯以明快的风格，解决了不同文明的分界难题。 而更耐人寻味的是，一旦加快由左到右的水平阅读，就会产生摇头效应，而一旦加快垂直阅读，则会出现点头效应。 依据这样的转喻，我们似乎可以把基督教文化称作"摇头文化"，而把儒教文化命名为"点头文化"。

经过逻辑演绎的书写与阅读隐喻，最终可以用来喻指东亚文化和西欧文化的差异性。 中国作为点头文化的策源地，保留了跟"点头"语符对应的各种文化属性：奴性、附庸性、继承性、保守性、拒绝性等，并由此构成民族性格中的阴影。 而在转型时期，它又显示为文化复制和抄袭，并且无视知识产权的制约作用。 对于急需向文化创意飞跃的中国制造业而言，这是一场严重的自我挑战。

字母 C 的大小写、汉字"听/聽"的变异，以及垂直书写和点头文明，这三种跟文字相关的隐喻，分别喻指了大众文化的兴起、符号叙事的多维特性及中国符号工业所面临的文化障碍。而这些都是文化研究所要直面的重大难题。

丢失的汉字密码

　　汉字符码是古文化核心密码（代码）的奇妙结晶，简洁描述了自然场景、生活方式和事物逻辑，传递了古代文明的基本资讯，俨然是日常生活的生动镜像。 如"閒"字表达休息时开门赏月的诗化意境，而"愁"字则暗示农民在秋季为即将过冬而愁苦的心情。 人们至今仍能从数千年前造字者的逻辑里，发现当下生活的相似面貌，由此产生跨越时空的愉悦。 汉字就此维系了中国文明的自我延续性。

　　汉字同时也是解码古文明的密匙。 例如，"蜀"字里早已蕴藏"纵目族"的造型密码，但该密码直到三星堆青铜器出土才被确认。 此外，正是借助汉字我们才获知："尧"是大地（土）之神，"秦"是集体事禾的农人，"越"是执钺奔行的战士，等等。汉字谱系就是反观中国历史的最精确的橱窗。

　　汉字所包含的东方思维方式——具象、隐喻（象征）和会意（指事），是中国文化传承的核心。 这种思维被熔铸在汉字里，令其成为种族灵魂的载体，以及最重要的民族精神资源之一，应被视为中国人的第一发明，其价值远在"四大发明"之上，却不仅被李约瑟所忽略，还因文字改革而遭到严重毁损。

百年以来，汉字始终面临着被消灭的危机。 陆费逵、钱玄同首倡"拉丁化"，瞿秋白怒斥"汉字真正是世界上最龌龊、最恶劣、最混蛋的中世纪的茅坑"，还有人高调痛批"汉字是愚民政策的利器"和"劳苦大众身上的结核"。 绝大多数苏联乃至西方汉学家，都视汉字为落后的象形文字。 本土激进知识分子的"汉字拉丁化"倡议，获得了来自全世界的响应。

这场文化喧嚣终于在 1956 年成为现实。 自该年 1 月起，仅两个月时间，《汉字简化方案》、《汉语拼音方案草案》、《关于推广普通话的指示》和《关于扫除文盲的决定》就相继出台。 其中拼音方案的目标，是推动扫盲识字运动，待时机成熟后再废汉字以代之，而简化字则是汉字被取代前的过渡形态。

简体字推行者声称，简化字减少繁体字笔划，加快书写速度，减少繁体字数量，降低认读难度，由此为扫盲开辟了意义深远的道路。 但历史事实恰恰相反，尽管简体字扫了长达半个世纪的盲，但中国大陆的文盲比例仍远高于使用繁体字的港澳台，这个有力的"实验证据"，令"简化字扫盲论"成为一纸笑话。

部分汉字确有过于繁复之弊，如"龘"字多达 17 划，不利于学习书写，需要作适度简化。 而 1956 年的方案，也提供了部分简化成功的案例，如"礼"、"尘"、"从"、"众"和"垒"等字。但就整个方案而言，简化的数量和程度都已越出合理边界，以致传统汉字及其文化密码都遭受重创。

以中国之"国"为例，繁体"國"字包含着明确的国土定义：将一个区域用围墙圈定起来，便是国家。 其字形以会意兼形声方式构成，包含着最简洁明快的文化密码，简化为"国"之后，以围墙包裹一"玉"，空间体量发生急缩，可以解释为盒子，而跟民族国家之"国"失去语义关联。"華"字，是枝繁叶茂之象，要是简化成"花十"，仍有花繁叶茂之意，符合传统的会意原则，但简化方案却将其弄成"化十"，丢失了会意的智慧与神韵，令原有语义荡然无存。"漢"字描述水泽草木丰茂之象，被"又"旁取代后，也变得毫无意义（"又"形滥用，正是简体字的一大弊病）。 这种文字乱象，从国名开始，一直扩散到民族记忆的深处，成为引发文化困局的符号种子。

在古文明信息、东方感性逻辑以及本土精神结构的解构上，简体字无疑扮演了推波助澜的角色。 它制造了对古代典籍阅读的障碍，并阻止了自然有效的文化传承。 但另一方面，简体字也意外地暴露出某种社会预言的特异功能。"陸"的叠土形被改为"击"而成"陆"，"愛"字惨遭剜"心"之痛，这些都成了社会的深刻谶语。 这种状况在消费时代并未获得改善，反而变本加厉起来。 简体汉字犹如精密的预言，预见了社会道德状态的剧变。

断裂的汉字精神

　　"新文化运动"的一项重要后果，就是引发了现代性崇拜和革命狂想。它一方面确认文化在国民改造中的重大地位，一方面又以为只要通过"革命"式的清洁手段，就能一举扫除文化弊端，为政治制度转型奠定基础。新中国成立以后，这种针对传统文化的"革命思维"更加甚嚣尘上，从 1950 年编制《常用简体字登记表》开始，到 1956 年《汉字简化方案》正式公布，在短短 7 年时间里，便完成了从秦帝国以来近 2000 年的文字变革。

　　我们已经被告知，这场汉字革命仅仅是更激烈的文字革命的某种序曲而已。1950 年，毛泽东主席在一封给同学的信件中宣称："拼音文字是较便利的一种文字形式。汉字太繁难，目前只作简化改革，将来总有一天要作根本改革的。"这就是最高领袖的战略设计。

　　就在胡风先生宣称"时间开始了"之际，"创造一个全新世界"的梦想燃烧在整个中国，而汉字是这场"文化高烧"的首席目标。新月派诗人暨古文字学家陈梦家先生，因反对文字改革而犯下重罪，沦为"右派分子"，在"文革"中含愤自尽，成为汉字革命中最著名的祭品。

事实上，只有少数过繁的文字（如"钂"、"纜"、"驤"、"鑽"、"鑾"等）需要进行适度手术，大部分汉字笔画都在可接受的范围以内，但这场拼音化运动的序曲，并非只是一种文字自身的变革，而是隐含着更为复杂的政治诉求，它一石数鸟地实现了下列战略目标：第一，向民众显示了文化大一统的威权，成为与嬴政"书同文"媲美的历史伟绩；第二，向斯大林为首的苏联表达了"字母共产主义化"的决心；第三，彻底划清了跟港澳台资产阶级的文化界线。

在1956年完成汉字革命的第二年，也就是1957年，汉字拼音化被进一步提上议事日程，吴玉章领导的"文改会"拟定《汉语拼音文字方案》上报国务院，周恩来似乎意识到不宜操之过急，便删除"文字"两字，从而使"拼音方案"未能剧变为"拼音文字"。但为了实现拼音化目标，直到1960年，人们还在顽强地推动拼音文字的地方实验，在山西万荣等地组织培训班，甚至创办全部由拼音文字组成的报纸，指望这场简化字运动能引导拼音文字在中国的全面胜利。

毫无疑问，汉字简化运动无非就是拼音化运动的阶段性成品，不看到这点，就无法对这场运动的本质作出准确的判定。简化字只是一种过渡手段，其最终目标，就是要彻底消灭汉字，以及消灭一切由这种文字所承载的历史传统，实现向"文化共产主义"的伟大飞跃。

但这场拼音文字革命最终无疾而终。与拼音化运动同时宣告失败的，还有所谓"亩产万斤"的农业革命，以及全民大炼钢铁所代表的工业革命。这三场革命彼此呼应，俨然是神圣的三位一体，企图从不同角度完成乌托邦蓝图的刻画，却都因违背"天意"而以失败告终，并给民众留下巨大的记忆创伤。但作为拼音化革命的半成品，简化字却被保留了下来，成为引致文化困局的种子。这种"简体字原罪",就是它今天遭到普遍质疑的原因。

20 世纪 50 年代后几年入学的小学新生,从一开始就注定要接受简体字的规训,并且以简体字为文化认知的根基,这就是所谓"简体字世系"。该世系成员对"繁体字"文本的敬畏已经退化,历史情感日益淡漠。这种文脉的断裂,为"文革"的大规模爆发奠定了文化基础。在简体字推行了整整 10 年之后,也即 1966 年革命风暴降临时,已经长大的"简体字世系"便挺身而出,轻易地与历史决裂,宣判繁体字文本"有毒",成为焚烧"封建主义"旧书的文化杀手。"文革"中的"破四旧"和"简体字世系"之间,有着极其密切的逻辑关系。

更耐人寻味的是,尽管出现过两种文字并存于教科书的双胞现象,而"文革"的第一批红卫兵,大多是"繁简混血系"的成员,跟繁体字有着密切的联系,但他们对繁体字所表现出的强烈敌意却超出人们的想象。为了显示其政治纯洁性,他们展现出了比年轻的"简体字世系"更为激越的革命姿态。

竖排繁体字图书的大焚毁,导致了一个严重后果,那就是繁体字图书几本荡然无存,只有极少数文本被无畏的民众偷藏,侥幸残留下来。1972 年以后,它们开始在渴望读书的人群中闪现,仿佛是一种地外文明的馈赠。地下阅读者往往把繁体版和简体版的区别,当作判定图书价值的标准。而繁体字文献的稀缺性,以及它所承载的历史文化代码,就是它重获珍视的原因。旧版《三国演义》、《聊斋志异》和《安娜·卡列尼娜》等,被包上各种"革命"封皮后秘密传递,犹如从灰烬中复活的文明火焰,照亮了阅读者饥渴的灵魂。而那些"文化吸毒者"(其中许多人正是当年参与焚烧图书的红卫兵),日后成为新三届大学生的主体。在极端纯洁的革命年代,繁体字文献就是文化复苏的秘密摇篮,它的文化贡献至今未能得到必要的阐释。

　　"文革"期间出版的革命读物，无疑都是以简体字印刷发行的。 其中最具代表性的，是人民文学出版社和上海人民出版社出版的三种《水浒传》简体字本。 它们是古典文献简体化的范本，向广大"无产阶级"昭示了文化现代化的图式。 以横排简体的方式印刷古典文献就是一次政治鉴定，它要从文字学的立场判处《水浒传》乃至《红楼梦》无罪。 而更多的文本，则将继续以有罪身份遭到封存。 在"文革"的极端语境中，繁体文本自身就是一种象征，代表着文明的记忆、流逝的岁月以及柔软温存的部分，而简体字则是革命、现代性和坚硬冷酷的象征。 字形是一把时间之刀，制造了文明的断裂。

　　这断裂直到 1977 年起才开始逐步弥合。 人民文学出版社出版大批中外文学名著，简体字退出激进的"文化革命"程序，跟旧文明达成古怪的和解，并开始承载它的精神成果，而简体字原罪自此得到了掩蔽。 这一文化妥协重塑了简体字的面容，使它看起来显得十分无辜，犹如一个道德纯洁的杀手。 简体字是一个成功的僭替者，以新汉字的面目在世，在现代性的名义下，篡改着汉字的隐喻天性，阻止着传统文化复苏的进程。

　　在 21 世纪的中国大陆，那些喝简体字奶汁长大的一代，缺乏对繁体字的文化亲情，更遑论对古典文化的热爱。 他们无视简体字的原罪，也拒不承认它作为汉字灭绝工具的历史。"新简体字世系"甚至公开指控说，恢复繁体字是对"80 后"的摧残。 这无疑是一种严重的罪名。 繁体字一旦无法获得年轻一代的支持，便注定要在冷漠或声讨中消亡。

大话革命与小资复兴

零年代的大话革命

2001 年 5 月 2 号，一个新闻事件隐喻了中国的话语剧变。主演电影《大话西游》的演员周星驰，在北京大学礼堂受到青年学生英雄式的欢迎。 这不仅表明脂粉英雄已经取代了诗歌英雄，而且意味着一场新的"大话"革命降临到我们头上。 以香港无厘头电影为契机，以数码网络为载体，一场崭新的"大话"运动正在风起云涌。

接着，一部以同名电影为题材的《大话西游宝典》成了最热销的图书。 此后，六部一套的"21 世纪大话文库"也在策划出版之中，成为网络大话走向平面媒体过程中最具代表性的文本。朝气蓬勃的"大话乌托邦"涌现了，网络和书市上回旋着各种"大话"声音，话语的狂欢气息在四处弥漫。

20 世纪 80 年代中国文化的最大遗产是第三代诗歌、王朔的小说和崔健的歌唱。 在反叛的战旗下，精神分裂的"流氓"（即那些以"一无所有"自我界定的人）展开了话语颠覆运动。 这场运动的"清道夫效应"，就是晚近中国文化精英的出现。 相比之下，20 世纪 90 年代是毫无个性的 10 年，在文化精英缺席和流氓改邪归正之后，创造和反叛都走向沉寂，但它的平庸正好为新运动在 21 世纪初叶的崛起作了铺垫："小资"们对文学经典和政治经典展开了全面的戏仿和颠覆，其规模之浩大，连迷人的 80 年代都黯然失色。

无厘头的大话美学

令人惊讶的是，这场软性的大陆话语革命，居然起源于以迎合香港市井趣味著称的"无厘头电影"。 从庸俗的粤语喜剧片里，诞生了一种奇怪的反叛声音。

这部于 1995 年拍摄的影片，对经典小说《西游记》进行戏仿，把庄重的佛学神曲改造成了搞笑的爱情话本，其中所有的人物都遭到了游戏式的篡改，唐僧变成了婆婆妈妈、罗里罗嗦、唧唧歪歪的傻瓜（在学生看来，这显然是家长、老师的一个隐喻），而孙悟空则成了伟大的超时空爱情的化身（情圣），甚至连白骨精都改变了其阴险狠毒的道德本性，摇身变作情意缠绵的女优。

而在中国大陆，《大话西游》一开始并未赢得掌声，恰恰相反，它首映时面对的冷遇与它日后所获得的殊荣形成了鲜明的对比。 但借助电视台以及盗版 VCD、DVD 市场，这部影片保持了其在民间的观看率，正是这些技术使它得以被反复读解和品味，直至大陆观众逐渐发现其"隐含价值"，致使其在 1997 年开始走红，并在 2000 年引发出热烈的反响。

这个混合着黑色（灰色）幽默、后现代主义、言情与武侠文学、好莱坞电影以及下层市民趣味的大杂烩，以百科辞典的方式全面呈现了"大话美学"的各种要素：幻想、反讽、荒谬、夸张、顽童化、时空错位和经典戏仿，其中包含了文化颠覆、低俗市井趣味和感伤主义等各种混乱矛盾的要素。 所有这些都塑造着大话时代的嚣张面貌。

大话修辞学的若干技巧

以《大话西游》为范本的大话写作的核心，就是大话修辞学的建构。 在我看来，它至少包含了下列基本技巧：

第一，戏仿（复制）：如对小说人物（如韦小宝、郭靖、岳不群等）和公文样式的"现代化"戏仿，如"岳家军精忠报国之BBS版"、"全国网恋等级考试(ELT)大纲样卷"等；

第二，篡改（刷新）：在原有价值图谱上进行有限改造，如"潘金莲之花样年华"；

第三，颠倒（替换）：对经典符码语义的彻底改写，将其转换得面目全非（"孙悟空"→"情圣"；"唐僧"→令人生厌的"罗嗦鬼"），这是一种比"篡改"更加极端的手法。 这方面的另一例子是"新版白毛女"；

第四，反讽：利用经典文本进行现代政治反讽，如"慈禧同志先进事迹"、"宝黛相会之样板戏版"、"韦小宝的判决书"等；

第五，粉碎（拆分）：把三国、水浒等都分解成若干碎片，然后再对各个碎片进行仿写。 由此在整个网络上出现了无组织的庞大的集体拼图游戏活动；

第六，拼贴（剪切和粘贴）：文本（人物）的鸡尾酒写作（勾兑），如把潘金莲和福尔摩斯、织女和猪八戒这些风马牛不相及的事物加以拼贴；

第七，移置（超级链接）：包括空间移置（如美国的中央电视台新闻联播和大宋中央电视台的新闻联播）和时间移置（如孔乙己考研和祥林嫂炒股）；

第八，镶嵌（插入）：网络专用符码（网络论坛和聊天室符码）对传统话语的插入（如"^.^"和"～～～～"等）。

毫无疑问，这是一种包含了数码词根和颠覆性语法的新话语，尽管许多人正在指责它的"恶俗"，但它仍然不可阻遏地生长起来，成为中国语文进行自我更新的民间源泉。

小资复兴及其三种类型

"小资"（"小资产阶级"的缩略语）最初是对于知识分子精神状态的批判性称谓，它曾经是介于无产阶级和资产阶级之间的"第三等级"，而现在则成了准中产阶级或预备役中产阶级的临时代码，它还包含新滥情主义、自恋状态下的感伤主义、小布尔乔亚美学（发嗲或撒娇的方程式）、都市怀旧主义、青春期的愤世嫉俗（"愤青"）等各种当下流行的精神倾向，它们在网络原创叙事中卷土重来，犹如一场规模盛大的流行感冒。

在我看来，小资至少分为三类：反叛的小资、无厘头小资和感伤的小资。这代表了小资截然不同的三条意识形态路线：反叛的小资沿用了周星驰的"大话"语法，显示了颠覆和话语原创的生气；无厘头小资是城市小市民低俗趣味的代表，他们把网络大话当作一件寻开心的玩具；而感伤的小资则坚持了与时尚、潮流和主流意识形态的偷情。

感伤的小资

《第一次亲密接触》无疑就是感伤小资的美学蓝本。 这部"小资"代表作其实就是传统故事的一种改写：一个身患绝症的女孩从网恋里寻求安慰，而不断逼近的死亡使她的异端行为获得了正当性。"反叛者"正是这样寻求与旧伦理的协调。 感伤的小资借此向人们展示了一种妥协的道德，它试图在新精神和旧传统间找到折衷的道路。 主流文化起初对它深感狐疑，随后就予以了笑纳。 这个变化验证了感伤的小资的本来面目。

感伤的小资是所有小资中最具魅力的部分，他们在琼瑶、三毛、亦舒、金庸、古龙、张爱玲、王安忆、陈丹燕、罗大佑和王家卫（有时也包括被误读了的王小波和海子）的故事里复兴，浑身上下散发着流行文化的气味，企图扮演世纪情感代言人的角色。 唯美的感伤气息最初来自一些历史记忆，而后就渗透到每一场叙事的缝隙里，成为当下情感经验的基调。

上海宝贝、北京宝贝和安妮宝贝，这些在情欲超市里涌现的各款"话语宝贝"和"美女作家"，正在成为小资们的带路天使。 她们是一些被"棉布裙、香水、光脚等词语掩藏的女人"，借助对奢华都市以及奢华消费品的敏感，从事着散布肉欲的香艳叙事。 尽管此类"现代性经验"不过是"无法道出灵魂真相的泡沫"，却仍然为小资群体提供了必需的中产阶级幻象。

继《女友》之后，《读书》的姐妹杂志《万象》，正在发展为感伤的小资消费当下文化时尚的高级阵地，在它的港湾里停满了各种幸福的小船。 由于中国文化的弑父特征和断裂面貌，历史总是呈现出可笑的回旋景象：继20世纪80年代启蒙思潮之后，中国的小资正在被重新启蒙，他们重蹈覆辙，追踪西方文化英雄的足迹，这份黑名单里包括博尔赫斯、塞林格、卡尔维诺、玛格丽特·杜拉和村上春树等。 在这场精神哺乳运动中，《万象》扮演了一个价值暧昧的角色：一方面试图维系知识精英的破碎形象，另一方面却要紧紧追踪流行趣味，成为新小资叙事的优雅代言人。 在某种意义上，《万象》就是那些正在向中产阶级阵营冲刺的小资们的识字课本。

零痛苦和零信仰模式

作为一种新的策略，阴沉的20世纪80年代的人文痛苦（扭曲的、变形的、自嘲的、反讽的）和愤怒像雾气一样消失了。 小资和大话文学都丧失了传统文学的悲剧感，犹如狗丧失了对骨头的嗅觉。 新享乐主义正在取代王朔式的痛苦的精神分裂，成为最时髦的生活方式。 在大话名义下，人们兴奋地从事着语言群交，并在网络论坛和聊天室的集体狂欢中获得快感。 爱情大麻的气息在到处弥漫，像是一场针对痛苦的大规模叛乱。

小资的甜蜜忧伤主义，是我们这个时代最具魅力的情调。我们可以看到，忧伤的面容大量浮现在网络文学的水面，犹如受难的睡莲。 它表面上是一种被削弱的痛苦，而实际上却是痛苦的最柔软、最危险的敌人，人们在痛苦的名义下展开对生活现状的大肆赞美。 在本质上，每一场忧伤都是一次情感与现实的调和。 20世纪70年代后出生的人们，现在注定要扮演天使的角色，以便在唯美而甜蜜的情调里飞进飞出。

在所谓"零年代"期间（21世纪前10年），"零"就是它的基本精神表征，象征着"无暴力颠覆"（话语暴力）所能达到的非凡程度。 在痛苦丧失的同时，小资和大话话语都放弃了普罗米修斯式的精英主义理想，终极关怀和国家关怀也成为历史陈迹。威权主义崩溃了，意识形态集权遭到了空前的肢解。 与此同时，救赎主义和团体信仰也遭到了"大话"的放肆嘲笑，它要么被小资爱情所软化（观世音和孙悟空的暧昧关系就是一个例证），要么被一种转瞬即逝的都市时尚所取代（参见卫慧的小说），要么被新痞子的爱情游戏所消解（参见痞子蔡的《第一次亲密接触》）。 此外，历史计时模式也逐渐失效，20世纪80年代的预言性和隐喻性已经荡然无存（参见《2000年新诗年鉴》）。 作为社会反叛要素的反讽，退化为一种纯粹的修辞手法，变得更加软弱无力，像风中飘浮的气球，被游戏气息吹上了欢乐的天空。

电子乌托邦时代与泛江湖主义

网络而非电影，才是大话生长最惬意的摇篮。 网络群众积极参与到集体的网络话语造句游戏之中。 游戏的首要特点就是它的虚拟性，当新闻都可以使用虚拟播音员时，人生的虚拟化潮流似乎已势不可挡。 从麻将桌的狭小格局中解放出来的小资群众，正在数码技术的声援下，发起一场史无前例的游戏运动，它要从庸常的生活里解脱出来，在幻想性游戏和话语里找到安慰。

这是电子乌托邦时代的一个心灵奇迹。

大话者普遍运用金庸武侠小说的"文化词根",营造虚拟的江湖场景,题写虚拟的流氓英雄和流氓寓言(主要是《射雕英雄传》和《鹿鼎记》等),机智而犀利地打击着威权主义的话语堡垒,显示了20世纪80年代以来中国流氓主义的更新版本。

流氓主义唯一真实的表达,是网络论坛上的匿名攻击。 这种放肆的匿名骂街和粗鄙化的话语暴力,是流氓英雄主义退化为网络无赖的重大标志。 匿名的攻击帖子大量涌现,网络论坛成为"知识分子焦虑"的宣泄器。 写作道德的瓦解已经势不可挡。

现行的匿名注册制度保护了思想和言论自由,庇护了必要的正义批评和真相陈述,阻止了小资的无聊主义的泛滥,但同时也为网络流氓的发育提供摇篮。 在这方面,知识分子(即所谓"大知",小资们的盟友或死敌)率先暴露出伊阿努斯式的双重性格:他们既是学院、理性和真理的代言人,又是蒙面的杀手,在各个学术论坛里出没隐现,像一些饥饿的老鼠,仗着犀利的话语门齿,肆无忌惮地袭击着过路的旅人。 那些"受袭者"中既有"无耻的文人",也有"无辜的或有缺陷的好人"。

"大知"的这种道德两重性,原先隐匿在面具的背后,而后在网络论坛里浮现出来,从而令学术"帖子"呈现出异常复杂的面目。 而在另一条战线,反叛的小资("愤青")也展开了针对"大知"以及文化威权主义的激烈攻击。 这种来自"大知"和"小资"的话语杀伐,显示了文化对话正在走向江湖化。 它的激烈程度甚至可以与那种臭名昭著的聊天室暴力媲美。 在某种意义上,网络论坛就是讲堂和厕所的混合体,向人们同时展示着思想与粪便。 这是网络自由主义带给这个时代的最怪诞的礼物。

大话效应：第三等级的崛起

大话时代的一个戏剧性后果，是它在短时间内迅速完成了从"话语的知识分子专权"到非知识分子化的漫长进程。话语权发生急剧泛化和分散，说话者从国家主义（经典主义）走向了市民主义（俚俗主义或民间主义），显示出非专业化、非知识分子化、平民化和幼齿化的各种表征。20世纪70年代后出生的青年知识分子以及更大范围内的青年学生，这些过去没有话语权的群体，现在终于可以扬眉吐气了，他们竭力要摆脱20世纪80年代人文精英的影响，以确立自己独立的话语权。

网络言说的策略就是这样产生的。"大话"所颠覆的对象从文学经典，扩大至教育、新闻、体育等话语制度最坚硬的区域，以及所有的流行文本（如电影《泰坦尼克号》、金庸武侠小说）。对话语制度的颠覆甚至还波及新闻语体、行政公文语体和试卷语体。尽管大话修辞和大话语法缺乏原创机制，但它仍然为某些新语汇的诞生开辟了道路。

基于这种群众性的颠覆运动，网络成了杀死旧文学的"千年虫"。文学神殿无声地崩塌了。在"大话"的逼迫下，传统文学正在大步退行为"小话文学"（一种小圈子文学）。文学的第一等级（知识分子、中国作协、中国文联之类）和第二等级（学院-专业知识分子）遭到了适度的轻蔑，网络论坛上到处飞扬着嘲笑和叫骂的声音。

以小资为代表的第三等级正在崛起，就像一支数量庞大的"第五纵队"。20世纪70年代后期"文青"靠《萌芽》杂志提携的时代已经一去不返，唯美的小资和粗俗的无厘头文化甚嚣尘上，青涩的学生语体正在成为网络的主宰（"榕树下"网站是这方面的代表）。

耐人寻味的是，大部分知识分子至今还在鄙视网络的心情中继续自我禁闭，只有早已衰败的诗歌在竭力利用网络实现其复兴梦想，诗歌网站和诗人个人主页雨后春笋般生长。但这似乎并不能改变传统文学遭到屠杀的现状。

这种数字化的话语模式有被严重滥用的倾向。粗制滥造的、哗众取宠的、低俗的、三流的、课桌化的网络"口蹄疫"在四处蔓延；文化分崩离析，历史像断线的风筝那样突然失去了控制。这引发了来自主流意识形态的激烈批评。

这方面的范例，当推所谓"鸡过马路"命题。我至今未能找到这个命题的起源和始作俑者，它对"意义"和"价值"的颠覆达到了令人发笑的程度。这是一种从网络深处涌现出的"灰色无聊病毒"。而正是从这种极度的无聊中产生了"有聊性"，即话语本身所散发出的颠覆魔力。大话者用"小鸡程式"过滤权威和偶像，将其改造成鸡零狗碎和毫无价值的废物，其功能完全等同于那些溶解和销蚀文本文件的"病毒"，它在破坏威权主义或流行文化程序的同时，也破坏了真理探索的机制。在后资本主义时代，这种机制竟是如此的脆弱，它甚至不能喊出黑夜里的抗议声音。

毫无疑问，我们正生活在大话魔法所产生的双效后果之中。第三等级所引发的动荡和混乱还将持续下去，而病入膏肓的文学并不能因此得到拯救。从这一亚文化的杂碎中只能产生一些有趣的怪物。文学创造的使命，远不是大话或小资运动所能完成的。在大话时代奠定了自由主义的根基之后，我们将继续期盼创造性时代的降临。尽管这只是一种令人心酸的奢望。

秽语爆炸和文化英雄

　　从陈凯歌与胡戈、白烨（陆天明）与韩寒，到朱伟与陈丹青，这些文化冲突，正在变得日益频繁和激烈。 奇怪的是，所有这些冲突都受到韩寒"80后"身份的屏蔽。 这个书商炒作的伪概念，竟然成为价值判断的逻辑前提。 但它却多少表述了一个事实，那就是，反叛的旗帜已经部分地转移到了青年一代手里。

　　然而，这与其说是代际和时间的断裂，不如说是一种深刻的空间冲突，它包含着主流价值和非主流价值、国家主义和流氓主义、威权主义和自由主义、权力资本和市场资本、保守主义和文化先锋、官方立场和民间立场之间的激烈矛盾。 这些错综复杂的关系，描绘着21世纪文化地图的微妙格局。

　　韩寒战胜对手的武器，无非来自三个方面：其一，文化消费市场和大量粉丝的后盾；其二，对方的文学"炒作劣迹"；其三，犀利坚硬的秽语。 鉴于篇幅的原因，我在本文中只能指涉第三者，因为它被严重关注，却又缺乏必要的阐释。

　　中国的流氓话语体系，是色语、酷语和秽语的三位一体。 但迄今为止，我们对秽语的探讨，还只是一个粗陋的开端。 但"韩白事件"（韩寒与白桦）是出色的研究范本，它验证了秽语在中国文化转型中的重大意义。

秽语是所有脏词的总和。 但有时只需一个简洁的"操"字，便能令个体的言说获得非凡的力度。《淮南子》声称，从前仓颉造字，天上居然下起了粟雨，鬼神都在夜间哭泣，这无非就是在描述脏字诞生时的情景。 在话语暴力的等级上，没有任何一种语词能跟脏词媲美。 鲁迅所指称的"国骂"，早已更新换代，变得更加短促尖锐。 在北京工体的比赛现场，数万人高喊"傻×"，已是惊天动地之举；而如今，上千万人在互联网上一起说"靠"和"操×"，更是到了令人瞠目的地步。

秽语并非中国人的独家发明。 早在 20 世纪 60 年代，诗人艾伦·金斯伯格就以一首《在美国》"狠操了美国的屁股"。 这是西方前卫诗人的嚎叫，以"跨掉的一代"名义击碎了保守的中产阶级秩序。 此后跟进的是黑人说唱（RAP），它把欧美文化拖入动荡不安的"发渴（FUCK）时代"。

秽语的艺术功能是不言而喻的，它是草根方言，也是粗鄙美学，但它过去一直被组合在优雅的文体里，成为传统文学的细小点缀。 这种状态在 20 世纪 80 年代才被彻底推翻。 只要观察一下现代诗歌的演化路线，我们就会发现，从"莽汉主义"和"非非主义"开始，经过伊沙、徐江和沈浩波，"口语派"诗歌在不断加强脏词的数量和力度，借此实施美学政变的阴谋。 但这依然只是发生在诗歌内部的小众事变。

博客时代的广场效应，一举修改了秽语的命运，令其散发出令人惊异的光辉。 我们正在面对一个"脏词大爆炸"的时代，它在数码世界里迅速繁殖，变得更加孔武有力，全面颠覆着国家主义的话语堡垒，令其崩溃在文化对抗的前线。 自从文学书写和消费主义结盟以来，主流话语早已丧失活力，退化成一堆干枯的行政公文。 而在大面积的秽语爆炸中，我们听见了话语泼皮们的豪迈笑声。

但是,文学以外的秽语,除了弑父和颠覆主流价值以外,还拥有一些更为复杂的功能:第一,帮助言说者确立文化挑衅和道德反叛的姿态;第二,增加言说者的暴力指数,击打对方的羞耻神经,令其彻底崩溃;第三,最简洁的意识形态表态,以粗鄙的方式划清自己跟其他优雅群体的身份界线;第四,秽语疗法还能成为精神压抑者的痰盂,抑或成为话语大麻,用以获取生理和心理的双重快感。

然而,并非所有的秽语都跟反叛相关。 我曾在网上听过一名上海酒吧女歌手的冗长说唱,几乎每个句子都由脏词编织而成,这显然超出了女性的羞耻底线,但它却博得了"秽语消费者"的青睐。 在一个就连狗尿都能被包装成香水的年代,秽语成为走俏的文化消费品是理所当然的。 看不清这一点,就无法对"韩白事件"作出完整的判断。

韩寒的系列短文迅速扩大为一场风格粗鄙的战争,并引发互联网民众的秽语狂欢。 韩寒就此成了董存瑞式的文化英雄。 白桦的退场加强了这种印象,即秽语是战无不胜的,它是这个时代强大的兵器。 它所引发的秽语崇拜,势必与戏仿和反讽一道,演化为经久不息的文化浪潮。

尽管秽语是文化颠覆的革命性工具,它仍然面临着三个无法超越的难题:第一,秽语运用的法学底线究竟在什么地方,也就是在文化争论中,秽语很容易对他人构成违法性伤害;第二,要是它被"无名氏"毫无节制地利用,就会成为滋养互联网骂客和文化犬儒的超级摇篮;第三,秽语可以是文化爆破的炸药,却终究不是文化建构的水泥,就其本性而言,秽语就是秽语,它永远都无法成为支撑新话语的脊梁。

汉字新创和词语变乱

作者附记：在我办公室的桌上，放着一对可爱的羊驼，它们的中文译名叫作"草泥马"。这是学生馈赠的礼物，说是文化批评研究所的"所标"。它们互相依偎，"仰望星空"，成为我写作这篇年终小结的灵感源泉。我要借此向大众语文的全体书写者致敬！

雷人帮和囧字会

2009 年，语文事变层出不穷，规模超越以往任何一年，构成了中国民间语文的盛宴。 其间发生的话语戏仿实验，为大众语文的进化作出了卓越贡献。 作为简单的修辞学技术，戏仿被应用于互联网叙事的历史，已经长达 10 年之久。 但第一代戏仿的所指（对象），大都是经典文本、模范人物、官方话语或主流形态，具有强烈的解构、溶蚀、颠覆和拆卸特性，此为"经典性戏仿"的文化表征。 而在 2009 年，这戏仿一直扩展到单词、秽语和文字，渗入细胞级的语文单位，互联网民众的日常书写变得更加嚣张而轻快，构成了大众文化的热烈景象。

这项语文实验在第一阶段，是关于日常汉字的袭用和借用，如"雷"字，它后来被扩展到四处"雷人"的地步，成为各类媒体的基本用语。 此外，"打酱油"、"俯卧撑"和"楼××"之类的语词，以及各种"被"字句，都曾广泛流行，从语文的角度发出了捍卫公民基本权利的呐喊。

到了第二阶段，新生代开始不满于通用汉字，的表达力，开始挖掘冷僻的古汉字，如"囧"和"槑"（意为很霉、很呆、特傻）之类，以描述社会的政治情态。"囧"本义为光明，却因颇似两眉下撇和张口结舌的人脸，被用来刻画人的悲剧性存在。 网络上的"囧论坛"多达 500 家以上，在囧论坛的奖惩制度中，"囧值"成了积分度量单位。 而"囧"字还被加工成囧字舞和叫作"囧囧"的卡通造型，并进一步转型为囧字鞋、囧字杯和囧字汗衫之类的消费性物品。 上海多伦多美术馆甚至为此组织了以《囧——表达与姿态》为专题的青年美展，试图对这种图像文字进行美术阐释。 如果没有其他事件的扰动，2009 有望成为一个彻头彻尾的"囧年"。

在第三阶段，出现了一种更为激进的造字运动，它起源于"草泥马叙事"。 而后，网民把"五毛"、"脑残"、"屁民"、"不折腾"、"情绪稳定"、"不明真相"等语词组合为新字，而发音则是首字的声母和尾字韵母的拼接，新生代借此卷入了造字游戏的狂欢。 这种对现行汉字秩序的颠覆，不仅解构了话语威权，而且拓展了民间语文的空间。

寂寞党和杯具派

在电视摇篮里长大的新生代，无疑是视觉犀利的一代，他们对字形的敏感超越了语词。 这是发生汉字变乱的重要原因。 但新生代并未放弃利用语词造反的途径。 他们的策略是利用谐音这种低幼等级的修辞，描述个人生命的荒谬状态，魔兽论坛上爆发的"贾君鹏吃饭"事件，标志着"寂寞党"的横空出世，而"杯具叙事"的现身，则要进一步把这种"寂寞"推进到悲剧的地步。

作为"悲剧"一词的谐音记法，"杯具"以一种物性、日常、戏谑和黑色幽默的方式，说出了新生代对于人生的悲观主义看法。 这陈述的表层是轻盈而卑微的，却承载着沉重的苦痛，由此构成了鲜明的自我反讽。"杯具派"还以此为中心，衍伸出 "餐具"（惨剧）、"洗具"（喜剧）和"茶具"（差距）等姐妹语词，汇合成小小的"杯具语族"，制造箴言、警句、格言和手机段子，推动以"杯具"为核心的造句运动，例如，"我跟上帝说我渴了，于是上帝给了我一大堆杯具。"更多的句子则沿袭张爱玲的句式——"人生是一袭华美的袍，上面爬满了虱子。"这个著名的句式经过替换，成为杯具派的经典警句——"人生是一张茶几，上面放满了杯具。"

从流行语"郁闷"、"寂寞"、"囧"到"杯具"，这是大众语文自我进化的路线，它渐进式地勾勒出民众集体苦闷的阴郁轮廓。"杯具"是这个郁闷之索的高点。 它要粉碎那些可笑的"幸福指数"报告，并把这种"洗具"式的"杯具叙事"进行到底。

草泥马族与塔玛德国

一种"魔戒"式的传奇，在中国互联网上涌现，形成了关于传奇动物"草泥马"的集体叙事潮流。 这是针对"限语令"的话语反叛，它是一种虚拟的"低俗"光焰，却拥有罕见的话语高温，足以令那些"高雅"而脆弱的铁丝网熔解。

我们被郑重告知，作为一个魔幻物种，"草泥马"外观酷似南美的羊驼，所在国度叫作"马勒戈壁"或"塔玛德人民共和国"。 这无疑是个等级制社会，其中"草泥马"只是底层民众，"卧草泥马"是中产阶级，而"狂草泥马"则代表种群里的精英阶层。"卧草"的衍伸词"沃草"，就是草泥马的主要粮食。

关于草泥马故事的讲述运动，由第一个无名氏所发动，随即引发多米诺骨牌效应，形成网民集体加入原创的狂热态势。 这场叙事浪潮的主体，我们命名为"草泥马族"，而这场运动本身，则应当叫作"草泥马运动"。

这一集体叙事的混乱性在于，草泥马故事环绕不同的关键词，出现了各种互相矛盾的版本。"马勒戈壁派"倾向于把这个地名作为叙事轴心，而"塔玛德派"则坚持以塔玛德为叙事轴心。该国发行的货币也有两个版本，一种被称为"草泥马币"（简称"草币"），一种则叫作"马勒戈币"，与此对应的还有一份"颁布词"，煞有介事地宣称其为官方授权发行的唯一法定货币。 此外，作为草泥马，其敌人多被指为大夷马；而作为草泥族，其敌人则叫作河蟹族。

上述由集体叙事所造成的分歧，并不妨碍它的自我分裂、生长和繁殖，恰恰相反，正是基于叙事的自由，它才能形成愈演愈烈的声浪，并企及自《大话西游》以来的第四次戏仿高潮。 尽管网管以"低俗"为由进行全力删除，将其打入"限制词"和"敏感词"的黑名单，但终究无法阻止这场话语领域的"群体性事件"。

草泥马叙事的所指（对象）不是"经典"，而是它的对立面——一堆被上流社会废弃和鄙视的秽语。 这是第二代戏仿，又称"秽语性戏仿"。 从草泥马运动开始，戏仿完成了自己的重大转型。"草泥马语"的原创运动，不仅要制造出一个崭新的语词家族，而且要对当下的互联网生态作出幽默的判决。 中国互联网为修辞学的进化，提供了广阔的空间和范例。

跟以往的戏仿不同，"草泥马语"具有更多样的衍伸形态。它首先以"百度百科"的方式诠释了"马勒戈壁"一词的语义——"比喻天下太平，不再用兵。 现形容思想麻痹。"同时，又戏仿古代文献《战国策》、《尚书》和《说岳全转》的叙事风格，标示它的历史出典——《尚书·武成》："王来自商，至于丰，乃偃武修文，归马于戈壁之阳，放牛于桃林之野，示天下弗服。"它甚至还一本正经地戏仿了大英百科全书的生物学叙事。

戏仿式隐语具有极大的戏谑性，足以引发互联网的话语狂欢。 在短短数日之内，它就迅速成为互联网流行语。 在"草泥马"语词火焰的四周，环绕着喜悦舞蹈的人群。

我们所看到的文字文本，包括《草泥马前传》、《草泥马正史》、《草泥马野史》、《草泥马在马勒戈壁间的家族传说》等。此外还有诗歌、散文、饲养手册、网络漫画小说、视频《马勒戈壁上的草泥马》、新疆曲调的《动画版草泥马之歌》。 其中最引人注目的是童声合唱《草泥马之歌》，它的歌词戏仿了动画片《蓝精灵》的主题歌——

　　在那荒茫美丽马勒戈壁,有一群草泥马,他们活泼又聪明,他们调皮又灵敏,他们自由自在生活在那草泥马戈壁,他们顽强勇敢克服艰苦环境。噢,卧槽的草泥马! 噢,狂槽的草泥马! 他们为了卧草不被吃掉打败了河蟹,河蟹从此消失在草泥马戈壁。

　　草泥马族还发展出了由草头、马旁加尼旁构成的草泥马新字,以及匪夷所思的"十大神兽"谱系,阳性的包括潜烈蟹、吉跋猫和达菲鸡,阴性的有大夷马、尾申鲸和吟稻燕,中性的包括法克鱿、菊花蚕、雅蠛蝶和鹑鸽(春鸽)等。 它们与此前就已经出现的隐语(如"谐鳄"与"河蟹")及其此后出现的新词(如"峦狍"、"非主牛"、"鸛狸猿"、"毒豺"、"鸣猪"、"草泥乃乃戈熊"等)一起,汇聚成普通话秽语的盛大涌流。

　　草泥马公仔(玩偶)就此诞生了。 它们分为雌雄两种,被称为"雷雷"和"萌萌",或是"马勒"和"歌碧"。 有的制造商还给每个产品配发出生证,盖有鲜红色的印章,上书"马勒戈壁神兽管理局计划生育专用章"。 这是一种前所未有的消费游戏,响应着时尚的亲切召唤。 它第一次越出话语虚拟领域,向实体经济飞跃,进化为清新可喜的商品。 市场从贸易的角度,赞助了这场话语的叛乱。

　　草泥马公仔造型的可爱性,是它受到普遍欢迎的重要因素。它的生物界原型羊驼,属半野生动物,体征颇似高大的绵羊,通过一种"牟牟"的声音互相传达信息。 其被毛长60～80厘米,纤维比羊毛更柔软轻盈,就其憨傻性而言,仅次于澳洲考拉和中国大熊猫而名列第三。 不仅如此,草泥马叙事的图片主角,大多是低幼的羊驼,形象更为憨态可掬,放射出童趣盎然的光晕。 而这正是互联网民众的自我造像。 草泥马公仔的这种"底层+幼小"的造型特征,就是草泥马族的自我隐喻,他们企图向我们描绘一个可爱型的族群,他们是食草动物,只是温顺驯良的族群,本质上没有侵略性。 这是机智的叙事策略，旨在改变秽语的"低俗性"，规避来自管制的禁忌，转而获得强大的传播动力。

这场草泥马运动还制造出一种文化假象，以为它是来自底层的叛乱，而草泥马语的言说主体，并非挣扎在社会底层的贫苦农民或农民工（他们被剥夺了上网的基本权利——费用、时间、精力和趣味），而是青年学生和青年白领，他们是互联网的主体，同时也因语词管制而沦为庞大的"数码弱势群体"。 他们比任何群体都有更强烈的话语权诉求。 他们在对"低俗文化"的清剿中受伤，决计要进行复仇和反抗。 他们向底层民众作秽语寻租，借此发动规模盛大的秽语游行。

以秽语为所指，同时以杜撰的事物为能指，这是一种新的语言嫁接手术，旨在完成一项互联网的权利实验，开辟着以谐音方式进行话语反叛的全新道路。 它是一种公共隐语（网民黑话），也就是所谓的"隐藏的文本"（詹姆斯·斯科特语）。 它利用虚拟性动物的语词外壳，以及各种文化外套，机智地隐蔽了秽语的本义，也即藏起了反叛和抵抗的牙齿。

日常秽语具有浓烈的意识形态特性。 作为底层话语叛逆的工具，它总是故意使用禁忌语词进行冒犯。 但跟西方脏词不同，中国秽语的主题是性而非排泄物。 它要在这个限度里表达粗俗、不敬、贬损、猥亵和诅咒的语义。 中国秽语大多沿袭男性脏词，因为男人能比女人更自由地展现具有敌意和侵略性的言语习惯，犹如把话语唾沫吐到对方道貌岸然的脸上。 它要蓄意制造出象征性伤害的效应。 但基于草泥马公仔的雅化特征，秽语转化为一种可以传播的事物，并融入公共叙事的洪流。

由于秽语所指和雅化能指之间的张力，强烈的反讽性涌现了。 所有读懂它的人都能感到浓烈的敌意。 草泥马发出高调的叫骂，它在放肆地嘲笑被滥用的威权，向它竖起坚硬的中指，但这骂声在瞬间变成了悦耳的歌声。 反讽就是发现语义的错位，

借此制造能指和所指的对抗。 这是尖锐的针砭，却被包上了柔
软华丽的丝绸。 2009 年，21 世纪零年代的结尾时分，这场草泥
马喧哗，犹如"后宰门"的童声合唱。

人本主义和书法对抗

仓颉的传说

人并不是唯一的言说者。 在人之外，我们目击过大量的话语事实，它发生在飞禽走兽之间，甚至连蚁虫也拥有我们所难以谛听的细微话语，借此组织起它们的秘密王国。 在一只狡黠的猫看来，人与它的唯一差别是后者的前肢掌握了文字及其书写。在人的语音遭到变乱之后，文字从莎草纸、丝帛、泥版和岩石上涌现而出，它要阻止人的后退。

我们被告知，那个创造文字和书法的人叫作"仓颉"，我们可以望文生义地判定，这个人拥有一个黑色的（"苍"）头颅（"颉"）——他来自南亚或者非洲？ 古代文献还声称，他有四只放射灵光的眼睛——戴着眼镜？ 用手指在自己的手掌中划写出最初的文字，这个奇迹诞生的时刻，天空降下了粟雨，鬼怪彻夜啼哭，龙蛇则隐匿不现。

对上述神话话语的读解表明，文字及书法与农耕经济（粟米意象）有着某种内在的呼应，或者说，正是文书的传播，导致了农业文明的诞生。 不仅如此，由于人掌握了全新的和强大的话语方式，鬼怪与龙蛇作为人的对立性意象（反义词），其恐惧是不可避免的：人正是由于文书而改变了自身在宇宙体系中的地位。

在仓颉的言说中，文书的意义昭然若揭，它是人本主义运动的最古老开端，而仓颉则是我们所能获得的第一个人本主义者的姓氏。 他改变了人同四周事物的关系，并把人引向一个孤独的处境。

书法话语的双重语法

一方面维系着与"粟米"，也就是人的日常生活实务的信息和联系，一方面又保持着与美学价值的精神触摸，这使造字与书写都陷于一种双重语法之中。 第一语法要求正确地书写文字，以保证文字语义的现身；第二语法则企图废黜文字及其语义，以实现书写（体势、笔势和笔触等）的自我现身。

所有这些语法冲突都与人的现身方式密切相关。 无论文字语义，还是纯粹书写造型语义都是人使内在的存在获得言说的途径。 这种内在的存在，过去被称之为"风骨"、"品性"、"气韵"或"精神"。 全部的分歧不在于人是否能够在书法中实施现身，而是人通过什么方式现身，以及什么才是最好的现身。 我要特别指出的是，这不是什么美学或技术争端，相反，它从一开始就是一个人本主义难题。

中国书法的全部历史，大约就是哲学战争的历史。 由篆变隶，是"字义学派"的杰作，而由隶变草，却是"书义学派"制造的反叛事变。"二王"企图调解这场战争，他们的方式是斡旋双方，使书法既拥有坚硬的形义框架，又闪耀出造型语义的美术光辉。 这是中庸哲学在美学上的一次重大胜利，它有效地平息了两汉以来的书法动乱。

把"字义"和"书义"的二元对立统一起来，使魏晋时代知识分子的人本主义获得双重的现身，这就是"二王"被推崇为圣人的原因。 然而，在他们之后，分裂的局面不仅存在，而且变本加厉：纯粹表达字义的僵硬楷书与纯粹表达书义的灵动狂草尖锐地对抗着，唯一的不同是"二王"的"中和之美"得到了师承，这就是书法美学的第二语法，它呈现为苏轼、黄庭坚和米芾等的稳健行书。 令人奇怪的是，这恰好是长期支配中国文人的三种人本哲学——理学、庄禅和孔学的书法现身。

两种人本主义及其书法对抗

哲学与书法美学的分化，显示了人本主义在历史进程中的话语裂变。 人如何处置自己的精神事务，或者说人如何面对自己的存在并给予适度的言说。 对这一本体论问题的不同解答，导致了人本主义的自我对抗。

根本不存在一种绝对的内在统一的人本主义。 在我看来，从书写运动开始，人本主义话语已经显示出正面和反面两种语法。 历史（时间）加剧了这种分离，反面人本主义语法（耐人寻味的是它仍然是一种"人本主义"）强烈要求着人对其传统（如书法的表字传统）的服从，也就是要求人在其传统中现身，借此维系人的话语的连续性，并保证它能够在自然历史中被解读。正面人本主义语法则请求着人的反叛和飞跃，以期改变人的初始存在语法，并以新颖的言说方式进入历史。 这两种人本主义共同塑造了人的暧昧面目。

所有现今的关于书法与文学关系的争论，最终都只能是两种人本主义话语所激起的美学反响而已。 这种反响是无限的，它不会被任何一只来自书写者的有力之手打断。"二王"的结局证实了这点。 他们起初是斡旋，而后却被迫卷入到新一轮的对抗之中：由于对"二王"的崇拜和摹仿，他们最后成了反面人本主义书法的罪恶源头。

书法的保守主义原罪

不错，发生于书法史上的各种话语事件，也同时在绘画、雕塑、音乐、戏剧和文学中发生着，我们甚至还可以看到它们在政治、经济、技术领域里的反响。 这种全面的反响在一个种族面临存在危机时将得到激发和扩大。

然而在所有艺术话语中，只有书法是以"法"来命名的，这意味着书法要求具有比其他艺术更为严厉的语法和秩序。 由于反面人本主义对书法的征服，后者正在成为"法本主义"的一个范例。 有关这点的现代证据是，在所有艺术中只有书法的主体才受到所谓"段位"的界定。 这个近年来大陆书法界的发明，显示了书法传统对所有试图进入该领域的人士的收服企图。 段位，就是对服从程度的一种定量评估，在它的终端停栖着"法"的权威尺度。 由于段位的评定，一支预备役的书法民兵被有效地组织起来，它构成了针对一切变革者的强大威慑力量。

这同围棋规则完全不同。 在围棋游戏中，段位主要是由升段比赛的输赢结局决定的，各段位之间依照唯一的"实力"标准加以比较。 但鉴于美学尺度的多样性，书法风格间的竞争无法以输赢定局，除非用一种尺度压制并取代其他一切尺度。 毫无疑问，以技术审核为理由（实际上必然是风格审核）的书法段位比赛，是艺术史上最荒诞的事件，在中国，也许只有八股考试制度可以与之媲美。 它强化了反面人本主义对于书法的严厉统治。

正是基于这样的理由，我才对书法界出现的那些"反叛者"及其作品给予特别的关注与同情。 如果没有这样一种正面人本主义语法的拯救运动，书法就会完蛋。 而事实上，书法已经在轰轰烈烈的群众运动中沉没。 在书法变革的现场，我既是目击者，也是声援者。

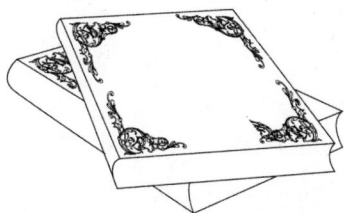

坍塌的废墟

指望中国文学能够独自摆脱这场退化噩梦，无异于扯拔着自己的头发离开大地。 年轻化只能拯救阅读市场，却不能拯救文学本身。

文化退化与文学断代

以"十年断代"标定文学，正在成为一场可笑的文学史灾难。 从来没有哪一种文学按照年份来出产作品，也没有哪种合格的文学史会以这种方式书写记忆。 文学成了一种反转的威士忌酒，以"愈年轻愈好"的价值标尺推销给阅读市场，而媒体则以这种方式误导着大众的文学阅读。

在上述断代问题里，深含着一个重大的历史观谬误，那就是所谓的"文化进化论"。 这种进化理念来源于达尔文的"生物进化论"，进而演进为"科技进化论"，并要求借此对文化"发展"的图式作出浪漫主义的界定。

但只要反观中国文化史就能轻易地发现，文化与科技恰好相反，它在总体上遵循着退化的原则。 在公元前 6 世纪前后，全球文明都经历了一场诡异的文化大爆炸。 希腊、印度和中国是这方面的范例，哲学、政治学、文学等各个领域的思潮，以大爆炸方式突现在历史现场，在短短一两百年内（春秋战国时期），中国文化被迅速推向顶峰，然后就是一个历经数千年的漫长退化期。 我们至今还置身于这场退化过程之中。 其间每一次"文化革命"的努力，最后都被证明是无效的，相反，它只能加速文化的退化。

发生在中国文化领域的三次"语文革命"——汉字革命（简化字）、汉字书写方式革命（横写）和语音革命（普通话），并没有真正确立中国文明的现代性，反而导致了历史传统、经典文化、区域文化和弱势民族文化的崩溃。 许多知识分子高喊"文艺复兴"的口号，承认文化退化，却指望其在退化的同时还会以"螺旋上升"方式重获进化的契机。 这种历史逻辑，最终总会被史实无情地击碎。

中国文学的高峰也许只是存在于先秦，最具代表性的是庄周的《逍遥游》。 汉赋、唐诗和宋词都无法望其项背，犹如上帝的完美瓷器被打碎后的残片。 我们引进西方文学元素，企图复兴先秦文化，结果只能进一步瓦解经典性文本。 它所缔造的"现代文学"，距离唐宋都无限遥远，更遑论伟大的先秦。

先秦、唐宋、现代文学，向我们展示了文学退化的明晰轨迹。 单个文体的分化与成熟（比如唐代诗歌、元代杂剧和明清小说），却造成了在总体退化态势里的区域性进化。 人们误以为，这种短暂的回旋和细小的局部进展，就是总体进化的明证，而它实际上只是一种"螺旋下降"。 这是文化进化幻觉的根源。 人类的愿望何其美好，但历史的真相却只能令人失望。

回到断代的话题，我们就可以发现，这种所谓"70后"、"80后"、"90后"之类的断代法，不仅是一种低级的区分，而且正在加剧我们的文化进化论幻觉，以为越年轻的文学就越好。 年轻无疑是活力的标志，但活力不是魅力，更不能与生命力等同，我丝毫不怀疑，每个时代都会拥有自己的明灯，在"80后"或"90后"中间，也一定会出现几个优秀的作家，但就整体而言，以市场激素催熟果子的策略，只能导致文学的速朽，验证我关于文化退行的断言。

从 20 世纪 80 年代开始，越过第二次世界大战后的短暂繁荣，文学已经开始了全球性的大规模衰退。 而在 20 世纪 90 年代，数码技术的飞跃，加剧了这种衰退的进程。 互联网瓦解了传统的文学阅读方式，击溃了庞大的书页读者群体，也粉碎了人们对于内在精神的渴望。 没有人能制止这场深刻的悲剧。 诺贝尔文学奖致力于维持着虚假的繁荣，但日益高涨的奖金数额，仍然无法改变获奖者"二流化"的态势。 这个文学精英主义的最大堡垒，正在陷入前所未有的危机。

指望中国文学能独自够摆脱这场退化噩梦，无异于扯拔着自己的头发离开大地。 年轻化只能拯救阅读市场，却不能拯救文学本身。 但媒体和批评界的部分声音却在混淆这两种完全不同的事物。 市场主义批评扮演文学导师的角色，企图把读书的羔羊们引向由出版商设定的文化圈套。"十年断代"就是这样的产物。 它看起来是如此低幼、天真和简单，以"文化进化主义"的逻辑分解了文学社群，也向我们标示了中国文学退化的底线。

1978—2008：中国文学蜡像馆巡礼

当代文学三段式

　　面对消费社会的强大压力，传统文学的盛宴早已终结，但文学 30 年，却为我们打造了一座含义复杂的蜡像馆，那些文学蜡像栩栩如生，昭示着文学由盛到衰的戏剧化历程，并向媒体提供了无限丰富的谈资。 当代文学刚刚越过青春年华，就已迅速老去，它的背影何其苍老，而它所提供的经验，又是何其珍贵。

　　在我看来，中国文学 30 年，可以大致分为三个时期：第一时期（1978—1989）是所谓的"新时期"，也就是我命名的"狂飙期"，这是原"右派"作家复苏，知青作家崛起，前卫作家以及杰出翻译家抬头的时代，以 1985 和 1986 两年为最高峰，标定了当代文学最繁华的状态；第二时期（1989—1999），我称之为半衰期，这是一个文学渐退并寄生于影视的年代，文学依赖影视而获取自己的荣誉，王朔、苏童和余华等都由此受到青睐。 第三时期（1999—2007），我称之为"数码期"或"全衰期"，它以卫慧的《上海宝贝》为代表，成为"身体派"崛起的标志，一方面是以文学形态命名的汉语文本在互联网上高速增殖，一方面是文学自身影响力急剧衰退，这种反比关系，就是全衰期文学的基本特征。

作家的精神蜡像

狂飙期是文学 30 年中最值得观看的段落，它向我们展示出中国文学自我复苏的强大能量。 在经历了漫长的精神苦难之后，原"右派"作家和知青作家，共同集结在文学旗帜下，加入历史反思的合唱，发出了解冻后最初的呐喊。 各种痛楚而喜悦的创伤记忆，混合着破裂的青春期梦想、政治恋母情结、文化寻根的焦虑，以及对"彼岸"的乌托邦理想，成为文学书写的重要母题。 而全体民众都在侧耳倾听。 此外，还有那些政治乌托邦的"文学"字词，用毛笔涂写在白纸上，糊贴于高墙上，俨然是灵魂高蹈飞舞的宣言。 激越的改革声音，跟"85 美术新潮思潮"和先锋音乐一起，汇聚成精神解放的洪流。

狂飙期涌现的不仅有"伤痕派"的撒娇式啼哭、诗歌夜莺的迷人歌唱，以及张贤亮自虐式的生命礼赞，还有"人道主义"的痛彻反思。 其中最值得我们眷顾的作家是周扬、白桦和戴厚英等人。 周扬试图从形而上的领域，为马克思人道主义探寻理论合法性，而戴厚英的忏悔则基于她自身的痛苦记忆，尤其是诗人闻捷之死，成为其精神苏醒的独特契机。 戴厚英被谋杀，乃是当代文学界最惊心动魄的事件。 她所开创的忏悔道路，被凶手残忍地切断。 周扬在同志们的热情帮助下一病不起，他的悔恨跟他的躯体一道，瘫痪在文学核心价值重建的前线。 文学自此退回到拒绝道德忏悔的坚硬传统。 这两位作家的悲苦结局，勾勒出文学火焰外缘的浓重阴影。

朦胧诗之正名和后朦胧诗之崛起，乃是狂飙期的重大收获。诗歌的飞跃，起源于知青在白洋淀的湖畔吟唱，后来却引燃了一场针对旧美学的叛逆火焰。 从四川、北京和上海涌现了大批诗歌流派，云集于 1986 年徐敬亚所组织的诗歌大展。 激进的校园先锋诗歌，不仅修正了诗歌的撒娇嘴脸，拓展了流氓诗学的阵地，而且孕生出前所未有的先锋小说。 青年小说家学习汉语诗歌，练习小说叙事的现代技法。 博尔赫斯、马尔克斯和罗布·格里耶等，成为先锋小说家的光辉样本。 中国翻译家据此介入了汉语的起飞，他们提供的译本就是汉语文学复兴的秘密导师。

在短暂的狂飙期里，文学不仅完成了自我解冻的程序，而且向价值反叛和话语转型迈出了急切而脆弱的步伐。 这个时期的最高代表，就是年轻的诗歌天才海子，他的诗作超越了新文化运动以来诗歌的最高水准，为汉语文学标出了一个全新的高度。但出乎意料的是，他竟然以自杀来宣喻文学狂飙期的终结。 他是农业时代的最后一位歌者，在秦始皇寻求永生的地点（山海关），不惜以暴力的方式终结肉体生命。 这是对乡村诗学的一次最高祭礼。

精英叙事的秋天，它明朗而阴郁的色调，照亮了汉语文学的锦绣前程。 但文学并未在那里驻守下去。 在 20 世纪 90 年代，先锋作家的集体叛逃，预示了精英文学的整体性衰败。 余华、苏童等小说家转向有戏剧性情节的叙事，也就是回归到大众阅读的层面，从《妻妾成群》到《活着》，这些文本相继被第五代导演所收购。 文学成为电影的侍妾，浓妆等待第五代导演的幸临。与此同时，先锋诗人集体逃亡到图书市场。 他们腰缠万贯，出没于那个年月的全国书市，成为操纵图书产业的"第三只手"。

文学只剩下一种似是而非的出路，那就是反讽。 反讽最初是对国家话语的一种戏仿（王朔），而后就成了作家批判社会的拳头（徐星和王小波）。 作家踏上了流氓主义美学的"康庄小路"。 王朔、徐星和王小波所构成的三位一体，为21世纪互联网上的大规模反讽，开启了意义深远的大门。 但反讽不是价值建构的主要道路，它只是社会批判形态之一，并不能替代价值正谕的建构程序，而反讽过度势必造成对文学的伤害。 甚至导致对反讽作家自身的伤害。 王朔的故事就是一个例证，他在2007年的出位批评及其自我忏悔，无疑是对反讽叙事的背弃，并为文学反讽标上一个佯狂的记号。

卫慧的小说《上海宝贝》，不仅是全衰期的开端，而且是"翻身文学"的第一声尖叫。 女性作家成为身体写作的主体，这在过去是不可思议的。 女作家飞越羞耻感的边界，向身体禁区突进，无畏地传播床帏真理，把身体叙事推向了高潮。 从九丹、木子美、竹影青瞳到热倡"胸口写作"的赵凝，在这些耳熟能详的名字里，人们能够清晰地看到女权主义的造反线索。 女性的自我解放，彻底改变了文学的走向，将其从形而上的庄严云端，拉到粉红生活的大地。 这种身体解放具有双重品质——它的意识形态反叛性，以及它对市场庸俗趣味的急切响应。 两种截然不同的事物被混杂在一起，令批评家们深陷于解码的困境之中。

文学的多重面具

早在狂飙期降临的前夜，文学就已是品质优良的意识形态工具，喊出政治所不能直言的声音。 话剧《于无声处》，一部艺术水准稚嫩的工人习作，成了中央工作会议代表的政治晚餐，为即将到来的"改革开放"鸣锣。 这既是文学的伟大荣耀，也是它后来急切要脱卸的制服。 狂飙期理论家的主要目标，就是试图建构文学自身的主体性。 为了获得自身的纯洁，它要忍痛切除那饱受民众欢迎的触角。 它要把政治功能交还政治，把娱乐功能扔给游戏，并把心理治疗功能交付电视连续剧，等等。 而在消费时代，文学被再度拉回到娱乐和情感治疗的现场，成为大众娱乐和消费的工具。 中国作家从来就没有实现过真正的"纯文学"梦想。

这是一种复杂而充满矛盾的图景。 文学既要捍卫自身的多元功能，又要小心规避工具化的命运。 我们已经观察到，文学最初是体制的工具，而后又成为资本的工具。 多重性的工具人格，拒绝了作家的独立主体，以致无法聚集起足够强大的心灵力量。但那种内在的精神性（独立意志、诗学信念和终级关怀），却正是文学创造力的核心。 中国作家的这种精神软骨症，加速了当代文学的衰老进程。

作家的角色，一直是文学所无法规避的难题。 从"人类灵魂的工程师"（教育者）、"社会良知的担待者"（引领者）、"传统价值的叛徒"（反叛者），到"汉语创新的手艺人"（实验者），所有这些表情严肃的角色，都是文学家为自己定制的面具。 这是狂飙期作家的多重特征，他们要据此成为社会精英中最有力的群体。 而到了全衰期，作家只剩下一种单一的角色，那就是扮演大众的情人。 一些新生代作家寄生于无边的互联网，拥有大批数码粉丝，但至今尚无任何作品有望成为经典。 他们能流畅地书写武侠、警匪、言情、惊悚、魔幻等各种类型的小说，并掌握着笼络青年读者的叙事技巧，但他们没有继承狂飙期的核心价值及书写语感。 他们的话语方式陈旧而单调，不是仿效港台三流作家，就是跟本地中学语文课本的风格密切呼应。 他们比其他任何群体都更需要领袖、崛起和突围。

阅读的风雨旧梦

在狂飙期，文学展示过其全能的神性，它是广谱安慰剂、硕大的情感乳房和哺育国家婴儿的字词摇篮，由此点燃了狂热的文学崇拜。 中国最优秀的读者，大多云集于文学乌托邦之中，从那里汲取全部存在的知识、能量和信念，文学和读者的这种热切互动，构成了一幅感人的图景。 这场运动提升了文学的意识形态价值，把它变成一座温暖的精神家园。 在经历了多次"清算"之后，文学赢得了史无前例的尊严。

基于这种印刷读物的神圣性，强烈的铅字崇拜涌现了。 许多"60后"知识文青，都拥有成箱的手稿，他们在简陋的练习簿上从事抒情和叙事练习，为日后的铅字转换而辛勤工作。 狂飙期的文学杂志，从某人转到另一人，制造出"手—手"传阅的延伸模式，由此构成了漫长的传阅链索。 大多数文学杂志，几年后仍然在传阅链上滚动。 它们最后在某文学读者的床边高高堆叠起来，犹如铅字码起的山脉。 它们被翻阅到卷角的程度，其上散布着无数人留下的指痕、断发和污迹。 文学杂志的这种超负荷阅读，给了它巨大的名声。 文学杂志的长命，跟它今天的短命——用过即扔的一次性消费状态，形成了鲜明的对照。

但这种文学杂志的神圣性，随着互联网时代的降临而消失殆尽。 互联网时代的"无铅化运动"，导致"手—手"传阅链的断裂，文本可以自由发表，不再经过任何编辑程序的过滤。 这种"无铅化运动"，令许多网络文青丧失了自我估量的能力。 他们沉浸在作家的幻觉里，在互相勉励和叫好中一意孤行，以复制、粘贴和转发的方式，制造着互联网上的文学狂欢。 毫无疑问，中国人拥有世界上最大数量的网络文学帖子，但这跟文学发展无关。 它不是升华的信号，却提供了繁荣的幻象。

狂飙期的一流读者，早已弃文学而去，成为影像、游戏乃至各种新式娱乐生活的用户。 文学被孤立起来，成为一个跟世界主流脱节的文化小岛，唯有那些缺乏阅读经验的爱好者，继续簇拥在其四周，消费那些被市场大肆推销的快餐，为低劣的文本高声喝彩，俨然是垃圾文学的幸福粉丝。

在所有大型文学杂志中，《钟山》、《花城》、《大家》和《芙蓉》等先后兴起与消沉，只有《收获》还拥有数量可观的订户。它以文学代言人的姿态，长期驻留在学院图书馆和中文系资料室的订单上。 但这只是某种象征性的独存。 人们从一大堆杂志中挑选一种或几种作为代表，仅此而已。 在大众文化喧嚣的时代，《收获》成了站在文学荒原上的一株孤独的小树，用以证明这类文化事物的实存。 而在它的四周，到处横陈着地方文学期刊的残骸。

作协敬养院和学院鸵鸟

作协的神圣地位在狂飙期是不言而喻的。 任何一位当时加入中国作协或地方作协的文学作者，都能获得广泛的敬意。 1980年前后，作协发展了"文革"后首批新生代作家，其中一部分人是大学生。 他们加入作协的那些红色光荣榜，一度成为校园里最令人惊羡的招贴，支撑着文学青年的炽热梦想。 在狂飙期，作协是高踞于文学台阶顶部的圣殿，也是文青所渴望的最高荣耀。

但 30 年之后，环绕在作协四周的光晕已经逐渐消退，露出了布满青苔的落寞容颜。 作协辅佐作家的机能已经丧失，作为文学领袖的威权性，也受到了消费主义的强大挑战。 在某种意义上，作协似乎成了文学的敬老院。 为了改变这种状态，中国作协向新生代作家发出了亲切感人的召唤。 但这种热吻并未改善作协的处境，相反，却引发了媒体的普遍质疑。 新生代作家就此陷入两难困境：他们指望靠作协来确认自己的作家身份，却选择了一个错误的时机，因为正是市场准则颠覆了作协的威权，把它变成可有可无的鸡肋，甚至要被迫吞下韩寒充满讥讽的嘲笑。

早在 1985 年，文学理论家曾经以全新的姿态进入文学。1985 年的厦门会议和桂林会议，聚集了全中国最优秀的中青年批评家，展示出学院派干预文学进程的强大信念。 但狂飙期之后的文学，却陷入了空前的混乱之中。 尽管"重写文学史"的呼声震耳欲聋，但学院炮制的 1000 多种文学史教材，并不能向青年学生提供正确的文学知识，以及有效的文学价值评估方法，这是文学价值倒错的主要原因之一。 学院派率先丧失了文学评判的能力，满足于自我封闭的鸵鸟政策，继而丧失了文学估量的威权性。 文学批评的退化，加剧了文学的危机态势。

汉语工具危害论

图书经纪人和出版人的夸张叫卖，利用媒体宣传把一大堆劣质文学产品倾倒到阅读现场，由此导致了文坛的垃圾化效应。这是 21 世纪初文学的最大困境。 出版商的高声叫卖、红包批评家的笨拙赞誉，像口红一样涂抹在刚出炉的出版物上，令其散发出赝品式的廉价光泽。 这其实就是典型的"毁灭性炒作"，它曾经断送过九丹等有才华的作家的前途。

发泡式垃圾是花哨而轻盈的，漂浮于消费世界的水面，夺取了公众的视线。 而那些沉重的话语宝石，却只能沉没于水底，跟泥沙混杂在一起，无法得到必要的凝视，由此便造成了严重的价值倒错。 当精英文学继续沉浸在占有时间的快乐之中时，大众文学已经迅速占领了空间。

坚守文学信念的作家，在几乎无人倾听的状态下，不倦地从事汉语书写，为我们留下了一些值得收藏的文献，它们以手稿、打印稿或网页的形态存世，其读者限于微小的圈子。 在诗人余地自杀的背后，正是文学所面对的最深切的孤独，它像瘟疫一样扩散，一直伸展到历史深处。 这就是汉语不能承受之"轻"。

汉语文学退化，跟世界文学的整体性危机相关，它是轴心时代终结的征兆，但另一重要的原因，在于30年中国文学完全依赖于"普通话"和"简体字"。 它们提供了隐秘而强大的工具语法，犹如坚硬的文化印模，把所有的书写活动压入了规范的凹槽。 事实上，只要以"普通话"为基准进行文学书写，就能强行矫正作家的内在（心灵）话语。 所有那些不适合用"普通语"表述的地域（或少数民族）文化元素，在其尚未发声之前，就会遭到过滤和删除。 正是这种"国语写作"塑造了文学的体制化面貌，并令作家丧失了从地域文明中汲取文化养分的空间路径。

无独有偶，书写工具"简体字"再度摧毁了本土最独特的"非物质文化遗产"。 它解构了中国文字象形和会意的法则，粗暴切断了文明传承的时间路径。 那些珍贵的历史密码，藏匿在繁体字的形体里，被书写者所临摹、学习、顿悟和传承，由此保障了优良的文化传导性。 但那些美妙的符号遗产，却因"简化"手术而变得烟消云散。 作家根本无法利用日常的繁体字进行书写，也就不能从字符密码中汲取文化养分。 这种空间路径和时间路径的双重丧失，就是30年中国文学所面对的历史处境。

回到当下文学的现场，我们可以看到，文学的幽灵正在四处出击，探求新的寄生空间，从影视、游戏和短信的新媒体那里获取力量。 更年轻的作家则忙于收集最大数量的读者，指望从市场里获得高额版税。 只有少数作家在继续坚守文学的内核，表现出非凡的勇气和信念。 这很像尤奈斯库戏剧《犀牛》所描述的场景。 当小镇上的全体居民都竞相变成犀牛时，只有个别人拒绝了异化的潮流。 但这种针对时尚的抵抗，只能谱写新的荒诞喜剧。 作家坚守人类的形貌，也即捍卫文学本质，对于已经集体变成"犀牛"的种群而言，无异于新的怪物。 文学的命运，早已被历史所无情地设定。 这是文学的不幸，也是它最高的光荣。

诗歌麻将的 N 种玩法

中国现当代诗歌的恍惚道路，充满着不可思议的戏剧性，汪国真的自我鉴定，是对这种戏剧性的一个精彩注解。

反叛朦胧诗，这个响亮的声音也许并没有太多振聋发聩的因素。 在"今天派"之后，反叛者风起云涌，"打倒"和"Pass"北岛的浪潮令人心惊。 相比之下，汪国真的"反叛"倒是显示了温情脉脉的特点。

问题并不在于是否进行了"反叛"，而是这个人究竟"反叛"了什么。 我要再次援引汪本人的言辞来表明这点。 汪声称：朦胧诗是对假、大、空的反叛，而他则在"清晰、自然、真诚、富于韵体和哲理"等诸多方面反叛了朦胧诗。 说得更直截了当些，就是汪的"明白诗"反叛了一种据说读来很"朦胧"的诗歌风格。

天将晓
同学醒来早
打拳做操练长跑
锻炼身体好(《学校的一天》)

　　这首发表在《中国青年报》上的打油诗，与其说是"反叛"了什么，不如说是对诗歌传统的亲切拥抱。　只要打开诗歌史就可以轻易地看到，歌谣、打油诗、口语体、枪杆诗、锄头诗和黑板诗等，构成了中国现当代诗歌运动的宏大主流。　那些我们记忆犹新的群众诗歌，正是汪诗的美学和意识形态的逻辑起点。

　　让我们再回顾一下"朦胧诗"的实际情景。　当《今天》杂志在民间四下流传时，多少人能够背诵如流，多少人为之激动不已！　而其中少数一度被人认为十分难辨的作品，今天，一个普通的中学生就能向你作出最详尽的阐释。"朦胧诗"的这项"朦胧"桂冠，来自于它低智商敌手的某种嘲笑，但这恰好构成了一个实体与名称的奇妙的艺术反讽。

　　那么，在简单地界定了诗歌的若干历史形态之后，我们就能够对诸如"反叛了什么"之类的问题作出回答。　在我看来，汪诗对朦胧诗的反叛，并不在于它的外在语言的清晰性，而在于某种更深的层面，也就是在于精神立场和情感姿态的彻底改造。

　　内在的悲痛、难以言喻的黑暗性，以及对于种族未来的人文主义信念，是朦胧诗在诸多缺陷以外向种族提供的最深刻的灵魂财富，汪诗反叛的只能是这个。　无病呻吟、自艾自怜，或置疑作哲思状，或含笑作潇洒状，所有这些精神姿势都旨在：第一，消解痛苦，而不是把生命痛苦转换成批判的美学；第二，用游戏精神去从事诗歌麻将游戏。

　　作为诗歌麻将的专家，汪国真显示了高度熟练的技巧。　他的近三分之一的诗作是填字游戏，其规则是：第一，每首诗四段，每段三四行；第二，每段前两句自我重复；第三，第三四句的句式和语义不变，但允许作平行语象的变换（如"大海"变"高山"、"浪花"变"树叶"）。

　　如此拙劣的诗歌填字游戏，居然引起全国范围内的"轰动效应"，这正显示了群众参与麻将游戏的非凡热情——在塑料麻将玩腻了之后，我们何不玩一玩诗歌麻将，玩一玩更优雅的"东风"和"西风"、"春天"与"冬天"的话语风景，以及玩一玩"｜"（宿）与"〇"（洞）的哲思与短语？

在诗歌游戏者的皮肤下面，戏性人格的发育和壮大是无可避免的。作为游戏的一个属性，"戏"表达了一种用优美的诗歌话语去修饰空洞灵魂的不屈努力。当人们用印刷好了的贺卡和美辞互致问候时，或者，当人们握住话筒投入优美的 MTV 画面和电子伴奏音乐里时，人有效地实现了生存境遇的自我欺骗。

迷幻话语、迷幻景象、迷幻音响，所有这些构成了公众快乐的源泉。我必须承认它们的确具有某种医治心灵疼痛和社会疾苦的效用，但正如所有致幻剂那样，汪国真诗歌不能消解痛苦的根源，恰恰相反，它只能消解我们对于痛苦的感受性。

在痛苦的感受性消解（心灵麻痹）的前提下，汪国真及其诗歌呈现了一种他自称为"潇洒"的状态，那就是把游戏人格推进到一个令人羡慕的高度。这个今天被汪和广大公众所推崇的生存术语，起源于另一个叫作"洒脱"的词，而后一个词则出典于南宋的掌故：一位高僧向他的弟子讲述了关于鸡的故事，那只鸡因抢食而落于水中，引起众鸡的讪笑，该鸡不服，努力登岸，耸身一摇，洒脱了羞辱之水，而后心情愉快地离去。

我不想对这个故事本身作过多评介，我只想表明，在"潇洒"的词根里，隐含着一种用卑微人格处理其精神事务的传统技巧。由于"潇洒"，它的主体（潇洒者）调整了羽毛或皮肤的形态，这无非就是用一种故作轻松、优雅的存在姿态来遮盖内心的紧张。

这种"潇洒"的虚伪性已经成为当代流行文化的标记。为了取悦公众，汪国真进而把诗歌变成了艳丽的口红，并通过诗集、作品集、配乐诗歌朗读磁带、歌曲磁带、诗卡、字帖、贺卡、明信片和电视台节目，对大众传播媒介进行全面占领，以便把自己塑造成一个世界级的公共明星。《年轻的风采》（人民日报版）是这方面的典范，它不仅收录了汪的诗歌和"哲思凝语"，以及记者的捧场文章，而且还收录了一些"读者来信"，把汪擢升到普希金和泰戈尔的高度。

这正是作者和读者间互抹口红的实例。 由于热爱和理解，"群众"成了"诗人"的知己；更由于真诚和晓畅，"诗人"成了"群众"的情侣。 口红，就是通过话语的伪饰性包装，使商品获得一个虚假的质量。 这里难道还有什么"真诚性"可言？

令人惊诧的是，就连汪国真本人也因口红效应而丧失了自我估价和反省的能力，在写下了大量平庸的句子之后，他竟然要"为中国人争取第一块诺贝尔文学奖章"。 这就像一对热恋情侣中的一个对另一个说，我要为你摘下天上的月亮。 它们间的唯一区别在于后者包含着某种情感真实（不是事实真实），而前者是彻头彻尾的价值谎语。

所谓价值谎语，不仅应当包括一切用以混淆事物的真伪优劣的话语集合，还包括那些用以取代终极真理的经验常识系统。

我们并不陌生
我们早已熟悉
年轻的心
总是相通的
甚至不需要语言

倘若才华得不到承认
与其诅咒
不如坚忍
在坚忍中积蓄力量
默默耕耘

　　这些来自各种语录式的耳熟能详的句子，不过是真理在辗转抄袭之后的拷贝的代用品，它的作用不是传播真理，而是企图取代真理，以及取代人们对真理的高贵性和唯一性的感受。

　　使我感到沉痛的事实，正是上述公众真理感受性的全面退化和价值谎语的大量滋生。正义、真实（真相）、伟尚、仁慈和美感，所有这些尺度的瓦解，使汪国真及其诗歌读者陷入价值谵妄的狂乱状态。在这个意义上，汪与其说是这个时代的受益者，不如说是这一时代最不幸的受害者。

　　更加不幸的是，鉴于汪国真有关琼瑶和席慕蓉的宣言，大陆手纸文学和港台手纸文学争夺大陆图书市场的序幕已经拉开。这种战争将延续一个时期，然后由"王国真"或"黄国真"加以取代，以保持诗歌在媚俗层面上的自我循环和连续性，并从天真的读者那里最大限度地榨取商业利润。而与此同时，那些真正优秀的诗人，却在贫困、无名和病痛中不屈地探求着诗歌的真理。这种尖锐的景象对比，构成了文学史的新的荒谬段落。

意见社会的文学丑角

我们正在陷入一个逻辑悖论：以最没有公共性的方式在探讨公共性问题。 这似乎是我们无法摆脱的困境。 为此，我想从一个简单的公共事件出发，来探讨作家在公共领域的言说危机。

2008 年的汶川大地震是一个典型的公共事件。 走红于 20 世纪 90 年代的散文作家余秋雨的"含泪劝告"、山东作协副主席王兆山的"坟墓颂歌"，以及某军旅作家的"死者礼赞"，都遭到了互联网民众的广泛批评。 他们的错误不在逻辑层面，而是在于不当使用公共领域的言说权力，并且修辞过度。 他们不仅滥用拟人（以鬼拟人）、象征（以坟墓象征天堂）、隐喻（以眼泪隐喻忠诚）和夸张（"含泪"）手法，由此引发了互联网民众的正义怒气，而且还时常滥用小说虚构技巧来自我表扬。 某作家是玩弄这种技巧的行家，但他在博客上发表的所谓网友"赞美信"，却被人当即识破——那不过是一堆伪造的赝品而已。 网民就此判处其作文"不及格"，评语是"编造书信"。 这是一场奇特的角色置换游戏：名作家沦为语文不及格的小学生，而网民成了嬉笑怒骂的老师。

文学参与公共生活曾经引发过强烈的反响，过去的某一段时间里，文学一度成为意识形态的核心和政治运动的焦点。 从对胡风、丁玲、冯雪峰的批判，到反右斗争和"文革"，作家都被迫成为道德的负面象征，并成为被操控的威权政治的祭品。 直到1976年的天安门"四·五"运动，文学在公共事件中第一次扮演了积极的自主的历史角色。 进入新时期之后，作家进一步成为公共心理安慰师，向民众提供各种话语药物，以治疗"文革"带来的严重创伤。 文学批评家加入了思想解放和人道主义的探讨，以"铁肩担道义"的方式向民众发出召唤。 但毫无疑问，文学的这种公共性，不是民主理性的公共话语交往的结果，而是单向灌输的结果。 它的资讯正确性，不能掩盖其公共交往上的低幼状态。

1992年，随着改革开放的深入，消费社会迅速形成，市场的价值上升为最高价值。 而文学研究则退缩到学院，一面应付着教育管理机构的评估指标，一面又不时制造出学术垃圾。 无独有偶，文学创作日益丧失社会批判性，甚至缺乏基本社会观察力和表达力。 文学的公共交往能力发生了严重退化。

与此刚好相反，从2007年开始，一种有限的意见社会开始形成，互联网民众代替了作家和批评家的角色，成为发表公共意见的最大主体。 这是对包括作家和批评家在内的中国知识分子群体的否决。 这些新型的意见主体，是一个广泛的社会群体，包括中产阶级、大学生和职业复杂的青年市民。 他们有着全然不同的趣味和价值取向，却在匿名表达意见方面有着共同的爱好。这种自我表达的冲动，就是意见社会的心理基础。

意见社会的基本特征是：第一，就意见主体而言，各种民间意见在互联网上出现和流传，监督着身边的一切，民众意见揭示并放大了各种"语文裂缝"；第二，民众的意见表达显示出精神分裂的表征，在"理性与非理性"、"自由主义和民族主义"之间剧烈摆动，它一方面探求公共事件（如华南虎事件）的真相，同时也无力自我过滤攻击性语词，使民间批评带有浓厚的暴力色彩；第三，民众意见的发布空间，受到迅速扩张的"敏感词系统"的严密"呵护"。

但无论如何，意见社会是"数码技术民主"带来的伟大成果。"意见主体"曲折地繁殖起来，犹如旷野上的稗草。他们以匿名的方式，说出自己的真实看法。我们应当正视中国转型社会的这种进步。

在意见社会的初级阶段，民众语文水平（阅读和书写）得到大幅度提升，这是一种令人喜悦的社会进步。民众成为语文老师和语文考官，这是一个重要的历史节点。民众是找乐子的专业哄客，也是严肃追寻真相的业余侦探。他们放肆地点评某些人的行藏和言说，探查其中的逻辑错误，给他们的作文打分，高声嘲笑其修辞水平的低下。这几乎成为2008年民众娱乐的重大项目。仅以"俯卧撑"为例，这个"关键词"的表演空间，从最初的语词范围，一直扩散到图像和行为艺术。

面对早期意见社会的网络舆论，作家的言行变得岌岌可危起来。作家针对公共事件在公共领域的发言，正在受到民众的监督。那些过度的修辞变得可笑起来，沦为大众的日常笑料。

余秋雨"含泪劝告地震灾民"，王兆山以"江城子"词牌发表的坟墓叙事，作为作家的公共言说，受到意见民众的严厉探查。王兆山的"坟墓叙事"甚至引发了众怒，遭到网民和媒体的集体批判，迅速成为重大的公共事件，就连中国作协主席铁凝，都不得不出面宣称王诗"内容不妥"。从中，我们看到了意见社会已经发挥出微妙而良好的功能。这是典型的压力集团的特征，原先是知识分子的事务，而现在却被互联网民众所继承和推进。

作家的不当表演和自我丑角化，为意见社会提供了戏剧性的元素。但在另一方面，作家的正面介入，也会面临批评家和民众不当围攻的窘状。 阎连科的《风雅颂》就是一个范例。 该小说是作家试图以文学样式介入社会批判的范例。 它反讽了中国高等院校的现实。 小说摆出强烈的公共干预的姿态，企图修复文学的批判现实主义功能，但却遭到了个别批评家的严厉指责，称他对北大的影射，是对该校的侮辱。 这是一种古怪的场景，作家的正义叙事，面临着利益分子的围堵。 文学的公共言说，充满不可预料的风险。 这就是文学干预公共生活的代价。

我们也经常看到这样的场景，基于诗歌边缘化的困境，一些诗人开始以更为极端的行为艺术方式，企图唤起民众对诗歌的注意。 在上海，有人建立了"撒娇诗院"，企图把 20 世纪 80 年代先锋口号"撒娇"，变成消费时代的符码狂欢的对象；在广州，有人在大街上派发诗歌传单；而在北京，有人在"保卫诗歌大会"上公开脱裤裸身，表达被公众冷遇的焦虑；更有人以论斤出售诗稿的方式，逼迫公众对诗歌进行市场估价。 这是文学谋求公共化的诸多范例。 它们从一些比较滑稽的角度，喊出了诗歌寻找公共空间的苦闷。

于此同时，聪明的书商却利用互联网和大众对文学的渴望，打造了大批畅销书作家，利用文学读者的迷惘，在制造出消费符码的包装之后，把那些毫无文学价值的作品，推销给不成熟的市场。 那些垃圾读物以文学的名义泛滥，以作协的名义召开研讨会，以红包引诱批评家到场，制造主流文学界认可的假象。 同时，在这种伪公共空间里的繁殖，描述着文学具有公共性的假象。

文学的衰微和蝶化

关于文学自我封闭、萎缩和死亡的话题，已经成为众人激烈争论的焦点。 这场遍及全球的争论，映射了文学所面临的生存危机。 但文学终结并非危言耸听的预言，而是一种严酷的现实。2007 年诺贝尔文学奖，颁发给了多丽丝·莱辛，这位 88 岁高龄的英国女作家，代表了 20 世纪最后的文学精神。 她是一枚被诺贝尔委员会发现的化石，曾在 20 世纪中叶成为女权主义文学的激进代表，但其近 15 年来的作品，却遭到美国耶鲁大学教授哈罗德·布鲁姆的激烈抨击，认为它们只具有四流水准，完全不具备原创性。 耐人寻味的是，在所有诺贝尔奖项中，只有文学奖面临着"二流化"的指责，而造成这种状况的唯一原因，就是文学自身的全球性衰退。 这种现状，验证了 20 世纪 60 年代美国批评家关于"文学衰竭"的预言。

返观中国文学的狼藉现场，我们发现，汉语文学的自闭与衰退，主要基于以下三个方面的原因：第一，20 世纪 80 年代以来活跃的前线作家，大多进入了衰退周期，而新生代作家还没有成熟，断裂变得不可避免；第二，重商主义对文学的影响，市场占有率成为衡量作家成功与否的主要标准，这种普遍的金钱焦虑，严重腐蚀了文学的灵魂和原创力，导致整个文坛垃圾丛生；第三，电影、电视、互联网、游戏等兴起，压缩了传统文学的生长空间，令真正有才华的作家和有价值的作品，无法获得公众的认可，由此迫使文学走向衰败。

这是我关于文学的基本看法。但我最近才意识到，这种看法其实是粗暴的。文学衰败只有一个主因，那就是文学自身的蜕变。建立在平面印刷和二维阅读上的传统文学，在经历了数千年的兴盛期之后，注定要在 21 世纪走向衰败。它是新媒体时代所要摧毁的主要对象。新媒体首先摧毁了文学的阅读者，把他们从文学那里推开，进而摧毁了作家的信念，把文学变成一堆无人问津的"废物"。

要说明这种立场转换的根源，就必须重返文学常识的基线。众所周知，中国人的"文学"，是文学、历史和哲学等学科的混合物。在华夏文明体系里，有一种叫作"文人"的社群，以字纸为生，垄断了书写和阅读的权力，据此掌控着农业时代的有限资讯（叙事、记忆和知识）。他们在字纸的土壤里成长，犹如种植在帝国花园里的珍稀牡丹。这其实就是文、史、哲无法分家的缘故。字纸媒体的力量如此强大，以致它成为"文史哲"的唯一摇篮。华夏文学的分类标准，建立在字纸的单一逻辑之上，它按媒体的严密尺度，清晰地描述了"文人"和"文学"的定义。

古希腊艺术的分类，起源于古老的神话叙事。它的九种艺术（科学），分别是历史、抒情诗、喜剧（以及牧歌、田园诗）、悲剧、歌唱（以及舞蹈）、爱情诗、圣诗（又译做颂歌）、天文和史诗，由九位缪斯女神管理。这一划分的依据，无非就是文体的各种功能——观察（天文）、抒情（音乐、爱情诗、舞蹈）、叙事（史诗）、回忆（历史）、赞美（圣诗）和审美（悲剧与喜剧）。其中，诗歌就按不同功能被分解成爱情诗、抒情诗、田园诗、圣诗和史诗等五种类型。这是古希腊分类学的逻辑起点。奇怪的是，希腊缪斯拒绝掌管美术（绘画、雕塑）和建筑，因为它们是模仿的成果，这个谬误后来在亚里士多德《诗学》里才获得必要的矫正。

但古希腊神学还是昭示了媒体的存在。 它们以象征物的方式附加于女神之体，成为精致的表演性记号，标定着拥有者的身份：历史女神克利俄手执书箱或莎草纸的手稿，史诗女神卡利俄佩手持书板和铁笔，爱情诗女神欧特尔佩手持长笛，田园诗女神塔利亚手持牧杖、头戴常春藤花环，等等。 这些日常符号揭示了艺术所依附的媒体，但这些视觉符号只是修辞的需要，用以区分那些长相彼此相似的女神。 它们并未上升为艺术分类的基本尺度。

启蒙运动以来被西方确认的艺术类型学，改进了这种粗陋的分工，它接纳了古希腊的功能标准，同时又引入了近代媒体概念。 将这两种尺度在同一级位上混用起来，由此构成若干近代分类学概念——文学（诗歌、小说、散文）、美术（绘画、雕塑）、音乐、戏剧、舞蹈等，并被沿用至今，成为全球教科书的基本常识。

这种业已成为常识的划分，合并了那些分行的韵文，把它们统称为诗歌。 这种划分也合并了悲剧和喜剧，把它们统称为戏剧，显示出莱辛以来的近代理性主义的概括力，却隐含着某种新的混乱。 它们有时是基于媒体标准的，由此区分了文学（诗歌）、美术和音乐，因为它们运用了不同的感官媒体，但它们有时却是基于功能标准的，由此区分了戏剧和舞蹈。 上述两种艺术在身体媒体方面完全一致，但因功能不同（戏剧主持叙事，舞蹈重于抒情）而被分为两类。 但此后舞剧的出现，进一步加剧了这场分类的谬误，令舞剧的归属，完全丧失了方向。

在诗歌和歌曲之间，文学、戏剧和电影之间，到处充斥着这种美学迷乱。 而这错乱竟然成为一种常识，支配了世人的学术头脑。 没有人对此提出质疑，甚至以解构著称的法国符号学派，都未能就此提出任何异议。

我们已经发现，实际上存在着两种文学：一种是基于媒体（口语和书语）的文学，另一种是基于功能（抒情和叙事）的文学。 但它们被混杂之后，就出现了所谓以口语或书语为媒体，以抒情或叙事为功能的复合型文学。 这种被混乱的文学观所制造出来的"文学"，就是我们今天誓死捍卫的事物。

按照分类学的科学理念，任何同一级位的分类，只能使用同一种标准。 在生物分类学日趋完善的同时，文科分类却出现了严重的失误。 这种古典艺术分类学制造的麻烦，正是我们今天文学生死之争的根源。"文学"，一个自体混乱的杂种，迷惑了历史上无数文学愤青的视野。

毫无疑问，只有放弃功能主义的分类标准，采用单一的媒体标准，才能为文学找到准确的中心和边界。 另一种妥协的方式，就是在第一级位上采用身体感官媒体的标准，而在第二级位上，采用其他媒体的标准，由此终结分类逻辑的历史性混乱。 根据这样的原则，第一级的缪斯女神应该只有四位：以语言符号为媒介的文学、以乐音符号为媒介的音乐（以上为时间艺术）、以造型符号为媒介的美术、以功能符号为媒介的建筑（以上为空间艺术）。 其他艺术种类，如戏剧、舞蹈和游戏，则是上述四位纯种缪斯的混血。 把媒体当作轴心的晚期资本主义，倾向于把艺术分为语言艺术、视觉艺术和表演艺术三个大类，这似乎更能描述新媒体大量涌现后的艺术现实，但它仍然无法回答我们面对的难题：一种正在衰败的语言艺术，从哪里获得重生的希望？

让我们回到本土的话题上来。 是的，尽管中国文坛充满了垃圾，但文学本身并不是垃圾，恰恰相反，以语言为媒体的文学是一个伟大的幽灵，飘荡于人类的精神空间，寻找着安身立命的躯壳或寄主（媒体）。 在可以追溯的历史框架里，文学幽灵至少两度选择了人的身体作为自己的媒体。 第一次，文学利用了人的舌头及语音，由此诞生了所谓"口头文学"（听觉的文学）；第二次，文学握住了人手，由此展开平面书写、印刷及阅读，并催生了所谓"书面文学"（文字的文学）的问世。 这两种文学都向我们提供了大量的杰出文本。 在刻写术、纺织术、造纸术和雕版印刷术的支持下，经历 2000 年左右的打磨，书面文学早已光华四射，支撑着人类的题写梦想。

文学的自我生长，除了幽灵式的简单寄生之外，还有一种更为复杂的方式，那就是与其他艺术及媒介进行杂交，以构筑新的媒体家园。 文学就这样跟音乐杂交出了歌曲（诗歌之一种），跟舞蹈（身体艺术）杂交出了戏剧。 它们跟传统文学并存，俨然是它的兄弟，照亮了古代乡村社会的质朴生活。 但就叙事和抒情的线性时间本质而言，它们都是文学的变种。 文学的生命形态，从来就是复杂多样的，它们制造了艺术多样性的幻觉。

西方的铁笔（木板）、鹅毛笔（羊皮纸），或者东方的刻刀（竹简）、毛笔（竹纸），这些器物的发明，支持了文学书写的欲望。 书写是农业文明的最高运动，它要在缄默的时间中喊出灵魂深处的声音。 然而，基于个人作坊式的书面文学，正在迅速老去。 越过古典乡村时代的繁华，它的容颜和生命都面临凋谢的结局。 千禧年就是一座巨大的界碑，向我们描述了临界点的存在。 我们置身于第二代文学的最后时刻。 文学幽灵已经动身离开这种二维书写的寄主，进入全新的视语文学时代。 这是文学幽灵的第三次变形，它要建造新的媒体家园，并从那里获取年轻的生命。 但我们却对此视而不见，包括我本人在内。 我们完全沉浸在对书本、文字和个人书写的习惯性迷恋之中。 我们对文学的剧烈变革置若罔闻。

这场寄主的变迁或重塑，暴露了文学企图获得永生的意图。它起源于电影，也就是起源于语言符号、图像符号和声音符号的多重叙事。 爱森斯坦从一开始就向我们指出电影与文学的本质关联，他的杂耍蒙太奇语法，企图重现自然语法的叙事功能。 但很少有人相信他的实验及其信念。

现代符号学把这种努力归结为语言和符号的认知混乱。 麦茨竭力矫正爱森斯坦的"谬误"，用"电影符号学"代替"电影语言学"。 然而，尽管电影叙事急剧扩展了语言符号的领地，但其核心依然是语言符号，甚至它的整个语法结构，都呈现出浓重的语言符号特征——历史性的叙事结构、隐喻和反讽为主体的修辞系统，以及笼罩观众（读者）的造梦气息。 在我看来，语法（符号的结构）的意义高于语词（符号），正是前者捍卫了电影的文学本性。

经过 100 多年的修炼，在那些包括影视在内的新媒体的躯壳中，新媒体文学已经长成大树。《魔戒》无疑是新媒体文学的杰作，它超越文学原著的水准，成为惊心动魄的影像史诗，不仅再现了荷马和圣经时代的集体创作特征，而且在宏大的叙事时空里，构筑起复杂的精神符号体系，热切追问人类的核心价值。 不仅如此，它比《荷马史诗》具有更强烈的体验性力量。 越过超宽银幕和多声道音响系统，我们惊讶地看到，濒临死亡的传统文学幽灵，在这种多维媒体的躯壳里获得了重生。

进入新媒体寄主的文学，维系着旧文学灵巧的叙事特征，并且拥有更优良的视听品质。 它直接触摸身体，以营造全面而精细的感官王国。 还有一个例子是当下流行的网络游戏，小说在那里演进成一种可以密切互动的数码艺术，从而把它变成历史上最具吸引力的符号活动。 新媒体文学还化身为手机短信，以简洁幽默的字词，抨击严酷的社会现实，显示了话语反讽的意识形态力量。 新媒体文学甚至借用商业资源，把那个最强大的敌人，转变成养育自身的摇篮。 文学正在像蝴蝶一样蜕变，它丢弃了古老的躯壳，却利用新媒体，以影视、游戏和短信的方式重返文化现场。

诗歌的命运也是如此。 书面诗歌也许会消亡，但歌曲却正在各种时尚风格的名义下大肆流行，成为大众文化的主体。 它们是诗歌的古老的变种。 更重要的是，即便各种诗歌形态都已消亡，但支撑诗歌的灵魂——诗意，却是长存不朽的。 宫崎骏的卡通片系列，向我们提供了这方面的有力证据。 在那些梦幻图像里，诗意在蓬勃生长，完全超越了传统诗歌的狭隘框架。

让我们回过来谈论诺贝尔文学奖的前景。 这类奖项的道路正在越走越窄。 20世纪的文学老人相继谢世，新一代作家软弱无力，根本无法面对新媒体的挑战。 文学授奖对象变得日益稀少。 这是书面文学的原创性危机，也是各种文学奖的权力危机。在我看来，唯一的解决方案，就是重新评估文学的自我转型，并把那些生气勃勃的新媒体文学，纳入文学奖项的搜索范围，并在保留书面文学"遗产"的前提下，加入文学的新媒体类型，如"影像文学"、"游戏文学"和"手机文学"等。 在新科技的赞助下，文学甚至可能在三维影像里取得更年轻的容貌。 所有这些新兴事物将不断汇入文学家族，构成"大文学"或"广义文学"的全新谱系。 文学，应当是上述各种样式的总和。

文学已经"蝶化"，进化为瑰丽的"新物种"，而我们却在继续悼念它的"旧茧"，为它的"死亡"而感伤地哭泣。 这是启蒙时代引发的认知错乱，而我们没有必要继续在这条旧河里饮水。文学理论家应当修正所有的美学偏见，为进入新媒体的文学作出全新的定义。 否则，我们就只能跟旧文学一起走向自闭和衰败的结局。

忏悔与救赎

——中国文坛的道德清洗运动

中国大陆文坛爆发的有关"忏悔"与"反忏悔"的风潮，显示文学批评正在从20世纪八九十年代的先锋文本主义，大步跃回到激进伦理主义的立场。这是用忏悔伦理学的方式解决作家（知识分子）良知危机的一个重要事件。中国知识界的道德问题，正在受到来自知识界内部的犀利挑战。

不妨回顾一下1976年"四人帮"倒台后的中国文坛。在伤痕文学的导引下，人道主义反思一度成为文学以及整个文化批评的基本母题。忏悔的呼声响彻云霄，而忏悔者的沉痛告白也成为动人的灵魂哀歌。

周扬和戴厚英是这方面的两个最突出的代表。周扬在全国文代会上向受害者（如胡风和丁玲）作出公开道歉，而戴厚英则通过其长篇小说《人啊，人》和《诗人之死》抒写悔恨心结。这两个"知识罪人"的忏悔，消解了长达数十年的历史恩怨。由于忏悔话语的"繁荣"，长达10年（1976—1985）的"文革"反思运动宣告结束，中国大陆文学由人本主义的"伤痕时代"，转入文本主义的"实验时代"。

　　然而，周和戴（也许还应当加上巴金）的忏悔，产生了一个令人深感意外的结果：它掩蔽了更多"知识罪人"拒绝忏悔和保持道德沉默的立场。　一些人并未通过"自我救赎"重建知识分子的"独立人格"，而是变本加厉从事"投机"与"献媚"。

　　尽管一些知识分子在大肆缅怀和颂扬陈寅恪与顾准的"高风亮节"，但相反的声音却在沉默了 10 年之后卷土重来，变得更加嘹亮，并在 20 世纪 90 年代后期达到激动人心的高潮。　知识分子重新面对着道德危机。　这情形已经表明，20 世纪 80 年代前后的知识分子的道德反思，可能是一场彻底失败的运动。

　　最近，由一些"文革"后成长起来的新生代批评家发动的新道德净化运动，成为对抗这种思潮的一个重大事件。　尽管那些要求进行"忏悔补课"的呼声集中在一两个当红作家身上，却具有极为广泛的指向性。　当代文学和文化批评正在以"忏悔意识"和"灵魂拷问"为契机，重设中国知识分子伦理学的良知底线，并重新定位个人与国家、民众和市场的伦理关系。

　　作为中国现代文化史上首次由民间知识分子自发的道德清洗运动，我注意到了它的某种双刃剑特性：一方面显示着令人钦佩的道德批判的非凡勇气，一方面又沉陷于"话语暴力"之中。　由于大量诸如"文革余孽"和"文化流氓"之类司法审判语汇的涌现，令"忏悔伦理学"看起来更像是"仇恨政治学"。　这无疑是文学批评的一个不幸状态。　耐人寻味的是，正是这点成为对手发动反击的武器：你说我是文革派，唯因你采用了文革方式，故你才是真正的文革派。"文革"最终成了双方互相抵毁的共同武器。　仇恨政治学的逻辑怪圈就是如此。

　　作为"文革"后成长起来的知识分子，新生代批评家们倚仗着某种政治纯洁性，展开了激烈的道德追击。　而面对"知识罪人"的沉默和反诘，为了施加道德压力并逼迫其就范，新生代批评家也不得不逐步加强话语暴力的级别，从最初的温和揭露，发展为声色俱厉的声讨。 在一个充满焦虑和紧迫感的时代，那些现成和运用得最熟练的话语体制才是最实用的武器。 这导致新生代批评家逐步陷入"文革话语"的历史圈套。

是的，在中国大陆，还没有哪一种话语像"文革话语"那样，既耳熟能详、通俗易懂，又洋溢着罕见的暴力激情。 它的魅力跨越了时代，成为文化批评中最有力的用具。 这便是新道德主义批评所面对的严重的话语困境。 在我看来，批评家只有首先进行自我"话语忏悔"，检讨语言程序，清除"话语暴力"的影响，进而建立批评伦理学的良性框架，才能令这场道德清洗运动获得一个健康面貌，并争取到知识界和民间更加广泛的支持，否则，就只能是一场恶性循环和毫无出路的道德噩梦。

而在另一方面，新生代批评家的道德批判仍然包含着需要我们声援的因素。 由于这场论争，终止了10年的中国知识分子的伦理探求再次获得了"解冻"。 无论有关"忏悔"的道德动议是否被接受，历史的真相必须被追问。 这并非只是一种官方钦定程序，而且是任何普通人都拥有的权利。 我确信，在经过反省与修正之后，新生代批评家将找到更加合理的话语策略。

在文学日趋肉体化的时刻，文学批评却要从事一场艰难的道德战争，这一企图充满了不合时宜的色彩。 一方面是少数批评家的孤寂声音，另一方面则是流行作家、公众的联合抵制，这种力量悬殊的搏斗态势，将使知识界摆脱良知危机的努力变作泡影。 但新伦理主义批评对"知识罪人"所构成的道德压力，却会成为影响21世纪文学生长的一个戏剧性要素，并向整个知识界提供道德化的一个激进样本。

忧郁的批评
——关于文学批判的精神分析

    首先请允许我来谈论一个文学批评家的死亡，并为这种悲剧表达自己的痛惜。 那就是文学批评家余虹的自杀。 2007 年 12 月 6 日，这个 50 岁的男人从自家的楼上跃下，离弃了这个混乱的时代。 无独有偶的是，早在 1994 年 4 月，我的朋友胡河清，从自家楼上向大地孤独地一跃，了断了自己年仅 34 岁的年轻生命。

    从胡河清到余虹，两个死亡事件之间，虽然相隔了 10 多个年头，却拥有惊人的相似性：就其身份而言，他们都是博士、学院知识分子和文学批评家；就才能而言，他们是文学研究群体中少数有批评才能的人；就自杀方式而言，他们最终都采用了跳楼——一种义无反顾的弃世方式。 这向着死亡的飞跃，就是批评家的最高选择。

    在对死者表达哀悼的同时，人们总是在交头接耳地私议他们的死因，试图对其进行精神分析，探求形而下和形而上两种死因。 例如，早在 1994 年，就有人组织通灵者对胡河清举行招魂仪式，企图借此寻找那个隐秘的死因。 尽管结论有些令人意外，但我们仍然坚信，在事件的背后，存在着某种可以被形而上讨论的原因。

是的，生者为什么忧郁？为什么跳楼？为什么要弃世而去？沉闷的学院之墙究竟阻拦了什么？我们生命的限度、身体的限度、思想的限度，以及话语的限度，究竟被设定在什么地方？这些问题一直在困扰我的思绪。死亡事件还产生了更激烈的问题——是文学批评家死了，还是文学批评死了，抑或是文学自身死了？无论如何，这是来自三个方向的严厉追问。

不妨让我从一个非医学的立场，探讨一下忧郁症的三个基本特征：第一，丧失内在的信念，也就是丧失内在超越的可能性。胡河清生前反复谈论的"无趣"，就是他对存在意义的终极判定，它消解了主体对存在的探究激情。第二，主体的外部对话机制发生严重障碍，或者说，孕生与守护主体的母体早已缺席，而"那个爱我的人"也悄然离去，由此产生了所谓"严重自闭"的症状。第三，主体失去原创的力量，或者说，产生了对自身阐释能力的深刻怀疑。这种怀疑起源于反思，却意外导向了自我戕害的结局。

回到文学批评的话题上来，我注意到它的困局，表现在下列几个方面。

学院批评丧失了内在灵魂，以及内在超越的可能性，继而成为行尸走肉。这种空心化从对上帝的怀疑，到对文学自身的怀疑。这其实就是针对核心价值的信任危机。文学之驴的内在形态（叙事的母题、结构和语感等），以及它所负载的诸多外在价值（爱的伦理和社会正义等）的箱笼，都随着文学乌托邦的破灭而瓦解。

学院批评陷入了自闭的危机。文学和学院严重对立，作家和批评家彼此鄙视和仇恨。在文学话语和批评话语之间，发生严重的语法错位，以致双方无法理解对方的语义。这种断裂迫使批评退守到学院内部，成为自言自语的学术体系，它不仅跟当下的文学经验无关，而且跟当下的中国日常生活经验脱节。 更耐人寻味的是，中年批评家正在日益老去，几乎没有留下什么可值颂扬的"价值遗产"，而硕士、博士和博士后的学衔，根本无法孕生新一代批评家。 学院批评后继无人，晚景凄凉。 无论从空间关系还是时间关系上，批评都已变成一座文化孤岛。

与文学垃圾化密切呼应的是，文学批评也大步跃入了垃圾化的进程。 学院批评家失去原创力量，依赖于乏味的知识谱系，以及复制、粘贴和抄袭的互联网技巧，从事密集无效的知识生产。文本数量急剧增大，无非就是学术垃圾的高产。 这就是所谓的"冗余知识"，它们堆积在学院的中心，犹如一座体积庞大的废墟。 这种状况抽空了文学批评的自信，把它推入了病态的忧郁空间。

我要把学术探讨简化成最直接的生命表述。 上述学院批评的三种弊端，跟忧郁症的三种症状是同构的。 这是令人震惊的平行病理现象——文学批评，陷入了精神忧郁综合症的病痛，而我们所面对的，正是那种"忧郁的批评"。 余虹之死是一个严厉的警告。 我们只有从文学高楼上跳下去这一条出路吗？ 我们是否要等到文学批评死亡后才进行招魂？

精神病学向我们提供了两种治疗忧郁症的常用途径：药物疗法和光线疗法。 基于药物疗法的逻辑，今天的自我诊断，使我们可以开出各种"百忧解"式的学术药方，但这不是真正的出路。在文学自身岌岌可危的状态下，西方学派和本土国学，都不能成为自我治疗的良药。 我无限期待的、能够战胜忧郁而精神强大的新一代批评家，至今杳无音讯。 这百多种的忧郁，又有谁能解除？

只有光线疗法这唯一的道路。 但问题恰恰在于，谁是这阳光？ 而阳光又究竟在什么地方？ 如果文学书写本身就是阳光，那么当文学家园已经倒塌之后，阳光又何以温暖我们的灵魂？

而另外一种更加伟大的终极关怀，离文学批评是如此遥远，以致它的温热根本无法抵达此岸。 一个更加深刻的疑虑在于，与胡河清的故事截然不同，余虹没有死于风雨交加的午夜，而是死于阳光灿烂的正午。 那么，根据这种意外的经验，那正午的阳光，难道真的能够拯救文学批评的生命？

我不具备后现代式的乐观主义精神。 虽然那些价值文本（文学作品）在召唤我们，但它们的数量太少，不足以构成我本人的持续激情。 在某种意义上，作为批评的主体，作为 10 年来只写过 3 篇纯粹文学批评文章的我，也是文学忧郁症病人之一。我的忧伤，每天都在涌现。 我恳求你们，请你们治疗我吧！

天鹅绒审判和诺贝尔主义的终结

身份的多元平衡原理

　　高行健的获奖，在中国文坛触发了一场声势浩大的诺贝尔奖抵抗运动。 这一后果并未出乎我的意料。 而高究竟是几"流"作家，这个问题似乎已经成了"革命的首要问题"。 尽管一些大陆作家陆续发表了"拥高通电"，但大都言不由衷，充满虚情假意。 而对高进行"等级鉴定"的公开结果居然是：他不过是中国文坛的一个"二流作家"而已（一篇划分更加精细的文章则把他纳入"二流半"的地位，令我肃然起敬）。 许多人提醒瑞典文学院，在高行健之上，还站立着北岛、巴金、王蒙以及早已仙逝的鲁迅、老舍和沈从文的高大身影。

　　是的，作为其代表作品的长篇小说《灵山》，是旅行笔记、思想随笔、民歌记录、文人狂想、巫术仪式、风俗备忘录和历史记忆碎片的杂耍性拼贴，这部虎头蛇尾的"流浪汉"小说，拥有一个探求心灵真理的罕见动机和某些令人难忘的"叙事"片段，也显示了作者进行文学原创性实验的卓越努力。 但它无疑不是当代中国文学的最高代表（《一个人的圣经》和那些戏剧作品则更加不是）。 我完全同意这样的观点：无论是余华、苏童和王朔中的任何一个，都比高行健更有"资格"代表中国当代文学的"水准"。

但恰恰是高行健而不是别人赢得了这个奖项。 这一戏剧性结果显然取决于诺贝尔文学奖的评审程序。 必须让等待了整整100 年的中国人得奖（这个标准剔除了还在耐心等待的米兰·昆德拉）；必须授予一个来自中国大陆但又没有官方背景的作家（这条标准剔除了台湾的李敖和曾任文化部长的王蒙）；必须具有民族色彩又不乏现代实验特征和未来指向性（这条标准剔除了老朽并丧失创造力的巴金）。

这与其说是一次人类文学精英的鉴定，倒更像是一场文学六合彩大抽奖，充满了赌博和冒险的经验。 作家的被提名犹如购买了一份世界性彩券，瑞典文学院的使命是每年从诺贝尔遗嘱和一些人类基本范式中选定一组"彩球代码"（身份平衡的标准）。只有完全符合内定的这些"彩球代码"的作家才能最终获奖。 靠这样的程序若能准确无误地找出文学大师，岂非咄咄怪事？

一份诺贝尔错误清单

正如人们早已指出的那样，诺贝尔奖充满了各种不可思议的失误，它似乎一再证实了评委们所受到的严重限定。 而在所有诺贝尔奖项中，文学奖是最为可疑的一个，它置身于《旧约》所描述的"通天塔崩溃效应"的后果之中，而这种语言隔阂的困境迫使它过度依赖个别掌握外国语种的评论家的口味，从而彻底丧失了其他奖项所具有的集体判断的优势。

不妨让我们进一步观察一下"诺贝尔标准"被执行的基本状态吧。 在诺氏基本原则的旗帜下，站立着"老迈的"欧裔评委——他们的人类知识非常有限；掌握同样有限的民族语言，并对大多数他们所要鉴定的文本十分茫然；个人经验受到西方生活构架的约束；对于西方世界以外的文化相当陌生；文学鉴定的品位和趣味大相径庭；在评审过程中渗透着各种个人功利性图谋和非常个人化的爱憎情感，以及作家被"看好"的巨大偶然性（诸如马悦然先生在飞机上偶然翻阅到刊载高行健小说的杂志，从此对他青眼有加之类的巧遇），等等。 由于这些显而易见的人性弱点，诺贝尔文学奖注定不会来自上帝之手。

事实上，瑞典文学院已经充分意识到了这种文化判决的有限性困境。 半个多世纪以来，他们力图突破西方中心主义（实际上只是西欧中心主义或斯堪的纳维亚主义）构架，在亚洲、非洲、南美洲和澳洲作广泛探勘，竭力展示其读解的"公正性"与多元性，用奖金和荣誉来平息来自第三世界的抱怨，有时不惜到了"献媚"的程度，但其结果却是矫枉过正：一方面误奖了一些非欧裔的"二流"作家，另一方面"错漏"了大批"一流"欧裔作家。 这个古怪的后果只能进一步验证诺贝尔文学奖的脆弱天性。 仅仅在欧洲文化圈内，就有托尔斯泰、易卜生、哈代、斯特林博格、佐拉、高尔基、康拉德、普鲁斯特、布莱希特、卡夫卡、乔伊斯、博尔赫斯、迪伦马特、菲茨杰拉尔德、荷尔德林、里尔克、纳博科夫、海勒和昆德拉等大批公认的"一流"作家，遭到了诺贝尔奖的刻意"忽略"。 只要依据这项"恶劣记录"，诺贝尔文学奖足可以被埋葬一万次。

但在另一方面，诺贝尔文学奖又确实向一些公认的"一流"作家发出了微笑：这份名单里包括了梅特林克、泰戈尔、罗曼罗兰、叶芝、萧伯纳、奥尼尔、黑塞、纪德、艾略特、福克纳、海明威、加缪、萨特、贝克特、聂鲁达和索尔贝娄等"文学巨匠"。他们在去世之前，有幸闻到了诺贝尔奖金的迷人气味。正是这些互相矛盾的景象，令"诺贝尔"的面目变得更加暧昧和混乱。

这难道不正是所有文学和艺术奖项的共有问题吗？我们又有什么理由苛责"诺贝尔"呢？在我看来，这种"不公正"，正是所有评奖的共同特征。上述那个冗长的"被忽略"名单，难道构成了对诺贝尔文学奖的巨大羞辱吗？恰恰相反，这无非在重复那些的老套的蒙冤故事。"一流"作家们应该感到庆幸，他们的"漏网"只能再度证实文化的多样、丰富和不可穷尽。他们的语言作坊的产品，超出了寻常的理解范围。

中国抵抗运动的宏大主流

在我看来，高行健获奖事件凸显的不是诺贝尔文学奖或是高行健作品的"弊病"（高虽不是最好的汉语作家，却至少是一个优秀的作家），倒是非常集中地暴露了长期纠缠于中国以及整个华人世界的那种意识形态痛苦。这种痛苦包括了历史悠久的大中华民族主义焦虑、西方阴谋论，以及对汉学家阐释权日益"独裁化"的愤怒等。它们汇成了中国诺贝尔抵抗运动的宏大主流。

鉴于"文化弱势"效应，中国人亟需一个来自西方的最高读解，用以照亮自己饱经创伤的自卑容貌。但许多人却因此陷入了一个奇怪的民族主义悖论：如果中国人获奖，则（直接地）显示了中国人的卓越，如果不获奖，则通过西方人的偏见和打压

（间接地）显示了中国人的卓越。 因此，无论是什么样的结果，都能够有力地证明"东方"的卓越。

另一方面，依据完全相同的逻辑，在阴谋论者看来，如果"西方"让中国人获奖，那么其中必定包含着某种文化霸权阴谋，例如，它是某个"全球化战略"的一个环节，迫使中国作家钻入"西方价值体系的圈套"，等等。 如果"西方"不让中国人获奖，那么它更是一个"企图排斥和孤立中国的政治阴谋"。 因此，无论是什么样的结果，中国人都能够证明"西方"的卑鄙无耻。 在某种意义上，诺贝尔奖是注定要遭到轻蔑的。

一方面是东方的卓越，一方面是西方的卑鄙，这其实已经在话语层面上实现了对诺贝尔奖的反诉讼。 通过这个强大的反面程序，全球华人均赢得了重要的泛意识形态胜利。 而这是一种何等奇怪的胜利啊，通过对诺贝尔奖的审判，让整个中华民族都沐浴在道德殉难的光辉之中。

"诺贝尔"的威权形而上学

瑞典文学院的精神传统，助长了这种对诺贝尔文学奖进行泛意识形态读解的喧嚣声浪。 100 年以来，某种"诺贝尔神话"支配了全球科学家、文学家和公众的价值判断。 人们一直误以为，存在着某种"人类知觉"或全球性标准——诺贝尔标准，它应当是超验的、无限开放、全知全能、凌驾于各民族尺度之上、永恒不朽和代表人类最高道义和最高趣味的。 这种虚妄的诺氏乌托邦信念内在地支配了人们，甚至就连瑞典文学院本身也洋溢着这种庄严气氛，以为自己充当了某种类似神的代言人的角色，借此维系一个人文关怀的世界体系。

只要阅读一下多年来诺贝尔委员会公布的那些文件就会发现，在"诺贝尔指令"（即他在遗嘱中关于文学的简单描述）的推动下，神圣读解和神圣代言早已成为该委员会的某种内在立场，而它的后果，就是把诺贝尔和平奖和文学奖变成了一场混杂着美学、道德和政治等多种要素的"神圣审判"。如在1970年，它通过对索尔仁尼琴有关"道德正义性"和"民族良心"的言说（如《古拉格群岛》）的读解，实施了对苏联极权主义暴政的正义审判。但这种审判没有断头台式的暴力风格，有的只是对极权的"挑战者"的柔性赞美。这种以柔和言说为特征的天鹅绒审判，令瑞典文学院成了人类理性的最高法院。

这样的审判制造着两个截然不同的结果：一方面是知识英雄的崛起，他们的姓氏和成就被镌刻在不朽的碑铭上；而另一方面则是知识和道德的敌人，他们被柔软地推了一下，变得怒气冲天。这两个结果互相缠绕，构筑着"诺贝尔"的威权形而上学。

诺贝尔文学奖就是这样放肆地滋养其自身的伟大性的。即使放弃了欧洲文化至上的立场，它也未能放弃世界最高威权的角色。而企图依靠天鹅绒审判来题写精神指南，为一个他们所完全不了解的民族的文学寻找出路，这无疑是所有正义中最危险的一种正义。汉语文学根本不需要诺贝尔主义的指导，它的发展也不会服从于少数几个汉学家的头脑。这是一个非常简单的道理，无须我们再加以论证。瑞典文学院及其诺贝尔委员会的公告只能加深人们这样一种印象：它耳目闭塞，却企图越出自己的限定，寻求全球作家的文化服从，以维系一个世界性帝国的虚拟镜像。

黑塞式的"玻璃珠游戏"

在所有对诺贝尔文学奖的评论中，来自瑞典的茉莉的声音无疑是最值得关切的。 耐人寻味的是，"诺贝尔"的道德指令恰恰成为她激烈批评高行健作品的依据。 她痛切地指责高行健以"个人自由"为由，放弃"道德责任承担"的使命，流露出对民族苦难的深切厌倦，根本不能成为"民族良知"的代表。 正是该奖制订的规则，反过来击中了它自身。 诺贝尔文学奖的道德受到的这种挑战，乃是它咎由自取。 显然，瑞典文学院正在面对越来越大的学术风险：在一个价值多元的和瞬息万变的世界里，没有任何一种智慧能够提供文学的最高样本。

在我看来，诺贝尔的秘密就是它的无力性：用黄色炸药去开拓世界的崭新面貌，而最终却陷入了永无休止的化学暴力的后果之中。 诺贝尔奖的救赎精神，也总是悲剧性地走向它的反面。尽管在茫茫黑夜，人们渴望一束光线照亮地球的未来，但每次获得的却只有一个毫无出路的"启示"。 巨大的荣誉和奖金根本无法阻止神圣审判制度在世界各地的崩溃。 对高行健的审判，并未给中国文学带来新的偶像，相反，它是一场失败的彩球赌博，促使人们提前从诺贝尔神话中醒来。

100 年以来，诺贝尔主义描述了一个破碎的资本主义精英时代的轮廓。 诺贝尔主义从"经济基础"（基金）出发，探查人文理想，肯定人的神性，迷恋人文乌托邦制度，热衷于知识的神圣审判，谋求一种世界性的知识-道德威权，渴望建立征服和被服从的关系，致力于用一个全球性准则去取代民族性准则的事业。

可爱的天鹅绒面貌也许就是诺贝尔主义能够在新纪元中继续维系其运作的主要原因。 在一个所谓"全球化"的浪潮之中，它制定的知识的世界性标准，再一次受到了青睐。 但是，这并不表明诺贝尔主义在后资本主义时代的重新崛起，相反，它的职能已被限定在象征的意义上。 也就是说，它被逐渐悬置在人类的橱窗里，成为一道纯粹的知识风景。

是的，越过神圣审判的庄严面具，诺贝尔奖正在变成一场黑塞式的"玻璃珠游戏"：一群"高贵而富有"的文学使徒居住在斯堪的纳维亚修道院中，为一个分崩离析的世界建立话语解读模型，但它的"宏大叙事"不可避免地带有玻璃球的各种特性——脆弱、自闭、滚动不定，反射着旧式精英政治的可疑光泽，并越来越多地呈现出博彩和冒险的特征。 而其中的神圣威权，早已融解在知识游戏的狂欢之中。

"诺贝尔"的真实面貌就是如此。

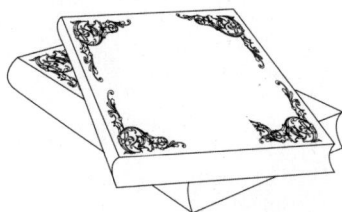

破碎的面具

　　我们正处于文化危机的焦虑中，我们守望着文化的最后领地，我们正在为文化的修复而呐喊，我们的工作沉重而艰难。 文化复苏，从每个人独立的反思开始。

中国文化二十年撒娇史鉴

作者附记:本文中出现的"流氓"一词,是我对身份丧失者的一种界定,它完全不是传统意义上的道德或司法判定。

暴君和流氓的角色对转

1987 年,一个流氓主义的幽灵,游荡在中国影坛。 张艺谋导演的《红高粱》, 是其中最具代表性的作品, 它的主人公——一个流氓轿夫,先是在高粱地里诱奸了刚出嫁的女子,而后又趁其丈夫被杀强占了"掌柜的"地位,而那个女人则心满意足地予以受纳。"十八里红"是流氓轿夫的"无意之作",经过一场戏剧性的反讽,尿(低贱肮脏的排泄物)成了美酒(人类价值体系)诞生的密匙。

这正是流氓叙事的一个夸张变形,它要反叛一切精神性的事物,并颂扬那些"肮脏"的事物。 另一种关于生命力的象征符码,则隐含在土匪据点里的那些被烹煮的牛头里,它和尿液的功能是相同的,那就是为草莽英雄提供原始动力。 那些在风中热烈舞蹈的高粱精灵，对乡村流氓的田头野合作了盛大礼赞。 越过剥皮和砍头的残酷场景，张艺谋开始了他暴力美学的长征，轿夫之歌也受到人们的拥戴，中国城市一度响彻了"妹妹你大胆地往前走"的嚎叫。

但张艺谋终究不是真正的流氓，他只是在进行情欲叙事和粗鄙话语的早期实验。 经过十几年的伪装，以讴歌专制的《英雄》为标记，他最终还是卸下了流氓面具。

真正接管并支配流行趣味的是王朔小说的流氓小说。 王朔的处女作《一半是火焰，一半是海水》，一半是流氓主义的反叛，而另一半则在为此作道德忏悔。 尽管主题暧昧，但流氓的形象已经呼之欲出。 此后，他发表了一系列主题更加明确的小说，完成了流氓主义形象的文学塑造：精神分裂，行为恍惚无力，言语粗鄙而又聒噪，戏谑与反讽层出不穷，充满自虐和他虐倾向，玩世不恭和扭曲的道德痛苦互相交织在一起。

由于王朔的缘故，民间的流氓话语大规模涌入文学，成为推进俚语叙事和胡同美学的基石。 王朔的"顽主"主要不是道德的叛徒，而是国家主义话语的叛徒，利用反讽瓦解了权威，并且宣判了知识精英的死亡。 从此，在中国的街头巷尾，到处走动着王朔式的反讽性人物，言说着王朔式的反讽性话语。"痞子"成为最流行的公共形象。 这是流氓美学对精英美学的一次重大胜利。痞子精神经过作家的界定和弘扬，最终成了普适的流氓话语。这是流氓主义弹冠相庆的时刻。

与流氓主义相比，精英主义是一种更加"崇高"的意识形态，这种先天的道德优势，令其有权对流氓提出"思想-道德"指控。 但知识精英对王朔主义保持了长期的沉默，直到1995年，人文精神大讨论的发起者们才开始撰文弹劾流氓。 学者朱学勤发表文章，尖锐批评王朔主义，称其本质是"大院父辈消灭的市民社会"，"大院子弟再来冒充平民"，指控其有严重的作伪嫌疑。 而王朔则反唇相讥，嘲笑知识分子的伪崇高和伪良知。在中年精英的传统信仰和青年流氓的价值反叛之间，爆发了经久不息的话语冷战。

受虐的精英主义

最初的精英主义美学文本，涌现在朦胧诗的柔软潮流里。舒婷所建构的母亲影像和顾城营造的童话影像，恰好是同一母题的两个维度，从不同的方向对"母亲"或"父亲"发出天真而痛切的召唤。 他们的朦胧言辞，开启了撒娇美学的崭新时代。

舒婷的诗歌具备了撒娇美学的各种基本元素：把国家（祖国）幻化为"母亲"，然后以排比的修辞手法展开"宏大抒情"，其中充满了"我"（诗人的自我镜像与人民镜像的叠合）的诸多隐喻——"花朵"、"胚芽"、"笑窝"，等等。 这些细小而优美的农业时代形象，都是被用来反衬祖国的伟大性的。 同时，这其间隐含着一种炽热的期待，那就是来自"母亲"的犒劳和奖励。 这是一个"文化儿童"所梦寐以求的身份理想。

舒婷的诗歌是一个幽怨的先导，在其后的"反思文学"叙事中，"父亲"和"母亲"的形象开始大量涌现，他们的"死亡"与"再生"（如电影《生活的颤音》）构筑了语义微妙的寓言，暗示着新国家和新精英的复兴。

张贤亮的小说《牧马人》是新精英主义的范本，它旨在确立富有国家理想的知识分子形象，同时又空前热烈地在小说中展开撒娇叙事。 一个被迫害得死去活来的知识精英，始终保持着对"母亲"的热爱和坚贞。 这正是当时最动人的道德母题——你弄疼了我，可我依然爱你。 这种受虐伦理长期被视作"真善美"的重要尺度，它借助一个自虐的劳改犯的独白，发出对犯了错的祖国母亲的盛大赞美。 著名导演谢晋将其改编并拍摄成了电影《牧马人》，对这种精英道德作了更加彻底的视觉诠释。

个人的伤痛史，打开了"道德启蒙"的美妙道路。 中年知识精英曾经饱尝政治风暴的打击，由此获得大量的苦难经验，并展开受虐式启蒙和施虐式救世的崇高历程。 在以后的 20 年间，他们的地位不断擢升，被各种头衔所笼罩，成为名副其实的"高端人士"，但他们却仍然是平民利益的代言人，占有大量"良知"资源，不倦地"启蒙"着大众的"昏昧"灵魂，由此构筑了中国文化的讽喻性景观。

犬儒化的"人文精神"

20 世纪 80 年代后期，新保守主义的呼声开始在中国学术界回响，知识分子纷纷从现实关怀大步后撤，由"大济苍生"转向"独善其身"，由"周易热"跃入"国学"和"国术"的领域。1991 年《学人》创刊，成为"新国学"的重要据点，并开启了国学类杂志的先河。 随后，《中国文化》和《东方》等相继问世，加上原有的《读书》，一种"曲线关怀"的声音弥漫在整个知识界，宛如一场声势浩大的学术合唱。

几十年来，中国知识界首次用"国学"一词来命名它所投身的知识体系。 这不是一个偶然现象，而是学术精英转型的关键性标志。 这场学术自救运动并未把知识界引向批判立场，而是引向学术皈依（和解、谈心、妥协、共识、合作、填表、契约、考核、晋级、授权和资源的分配与奖励）的主流。独立民间的学术理想成了幻影。大多数学术精英行进在官僚化的康庄大道。但知识分子的表情却变得越来越"暧昧"、"灰色"和富有"弹性"，仿佛人人都变成了"柔性反抗"的话语英雄，并且都在从事"体制内改造体制"的伟大工程。这种"学术犬儒主义"令知识界的举止变得愈发可疑。

在灰色学术面具的掩护下，1993 年发表在《上海文学》上的《旷野上的废墟》一文，加上第二年《读书》杂志中几篇观点粗疏的对话，点燃了人文精神大讨论的火焰，以表达知识分子抵抗市场自由主义和找回话语权利的信念。但这场简陋的学术纹身运动，并无太多实质性的思想收获，而它的某些发起人却合乎逻辑地转型为"学术书记"和"知识长官"。

大讨论的一个副作用，就是知识精英界"左"与"右"的话语分裂。其中"新左派"作为一种全球性左翼思潮的分支，从批判自由资本主义的立场出发，展开了政治理念的全面重构。但他们的公共言行大多仅仅指涉西方霸权，其中一些人拿着"山姆大叔"的护照或绿卡，大义凛然地扮演着美国海外反对派的悲壮角色。

这时，"人文英雄谱系"的营造工程也变得热烈起来。重塑人文英雄，寻求更符合理想的道德样本，成为那个时代知识精英所从事的形象工程。辜鸿铭、陈寅恪、王国维、吴宓、钱穆、钱钟书等人经过重新阐释，变为疏离主流的国学英雄。另一方面，红色知识分子李慎之、顾准、老舍、林昭、遇罗克和李九莲等，也成为沉痛的道德风范。这两个系列再现了知识精英"受压－自立－反叛"的悲壮命运。

这是相当复杂的欲望表达运动，渗透着各种难以言状的目的。既传达出知识分子的正义信念，也充当了某些人的道德面具。

"正义"呼声下的民族主义

　　20 世纪 90 年代中期,《中国可以说不》和《文化苦旅》先后风靡了中国。 与知识分子惯用的灰色话语不同,从个人经验展开的政治叙事,令它们变得更富于阅读快感,其间流露的民族主义立场随即触发了对西方说"不"的话语洪流。 这场运动最初受激励于"太平盛世"的夸张图画,而后则演变成为一场声势浩大的爱国运动。

　　民族主义无疑拥有天然的道德优势,它的所有政治语法都出自"五四"经典。 近百年前,在国家严重积弱的时局中,深受西方自由主义熏陶的留学知识分子,被卷入了强大的民族无意识运动之中。 他们的价值只有在响应本土的价值召唤后才能获得认同。 他们甚至羞于谈论个人解放和思想自由。 这种态势压抑了自由主义在中国本土的健康生长,并把大多数知识分子推向了激进民族主义的道德前线。"五四运动"的"火烧"和"打倒"模式,也为百年后的新民族主义提供了卓越的榜样。

　　全球化高压下的文化自卫,乃是民族主义的重大使命。 但极端化的民族主义总是拒绝多元主义立场,它热衷于用自闭排他的国粹主义去取代西方的文化霸权。 耐人寻味的是,几乎所有的极端民族主义者都同时兼具了种族主义和本乡主义的双重身份。

　　在民族主义的"爱国"呼声下,以意识形态的合理性为后盾,大批"民族愤青"放弃了国际公认的人类道德基准(如"日内瓦公约"中的法理约定),转而为无辜美国平民的大规模死亡热烈叫好。"9·11"事件之后，弥漫中国的是普遍的幸灾乐祸，网络上爆发出一片欢呼的声浪。 民族主义变得日益狭隘和丧失理性，露出了非人性的失血面容。 美国人杀人一定是非正义的，但杀美国人却一定是正义的。 这是极端民族主义的双重逻辑。这种逻辑还支配了对伊拉克战争等所有国际冲突的判断。

从通俗到丑俗的历史流变

通俗

20 世纪 80 年代中国文化的短期繁华，是雅文化与俗文化博弈的意外后果。

早在 20 世纪三四十年代，延安就已学会征用民间资源，以通俗的方式，对干部和民众展开思想教育，《兄妹开荒》和《白毛女》都是这种战略的文艺结晶。其间隐藏着某些学者鼓吹的"文学民间"的战略目标。"文革"结束之后，以"枪杆诗"和斗争文学为核心的"革命文艺"，继续穿戴"官方话语"和"民间话语"的外衣，占据着国家文化的主流地位。这意味着通俗风格始终是"政治正确"的，而此外的一切风格，都应受到质疑。

油印诗刊《今天》在 1978 年的问世，它所发布的新语体诗歌引发了某些人的严重不满。1980 年，《诗刊》发表《令人气闷的朦胧》一文，将此类诗歌归纳为"朦胧体"，指责其晦涩、怪僻、令人气闷。由此演变成对以"朦胧诗"命名的新诗运动的严厉批判。

权威诗人艾青，在 1981 年 5 月 12 日的《文汇报》上发表整版文章《从"朦胧诗"谈起》，斥责朦胧诗过于晦涩，极不通俗，是诗歌的大敌。 与此同时，臧克家、程代熙、郑伯农、柯岩、周良沛等人，都狂热地加入了战团。

这场大批判在 1983 年重庆诗歌讨论会上达到高潮，极左派诗人及理论家们，刚刚摆脱"文革"政治迫害的阴影，却又比任何人都更娴熟地挥动权力的棍棒，假借"清除精神污染"的名义，对诗歌风格"异端"展开围剿。 在威权体制下，任何艺术流派之间的分歧，都会成为文化围剿的庄严借口。

这是"文革"后针对"高雅"的第一次大规模清算，它旨在警告诗人和知识分子，不要试图对《在延安文艺座谈会上的讲话》有任何偏离的企图。"朦胧"既是一种风格，也是一种严重的罪名。 通俗是无产阶级文艺的重要标记，更是无产阶级文艺思想的核心之一。 而不通俗，甚至"朦胧"，就是资产阶级文艺的污点印记。

但奇怪的是，中国阅读界此后却接纳了这种遭到"精神污染"诗歌，而官方也开始高调征用朦胧诗，把它当作国家"新时期文艺"的重大收获，进而征用朦胧诗人来担任省文联主席，以领导各地的文艺工作。"高雅"的风格从此甚嚣尘上。

与此呼应的，是以张贤亮为代表的"劳改小说"。 在著名的《绿化树》里，那个名叫章永璘的男人每次做爱之后，就要拿出《资本论》进行精神自慰，以抵抗低俗肉欲的引诱。 而他的崇高感，通过出席"共和国重要会议"，在"庄严的人民大会堂"里得到实现。"张贤亮们"就这样战胜了肉欲（物欲和情欲）的诱惑，大义凛然地站回到灵魂（国家主义的崇高精神）一边。 这种灵对肉的终极胜利，是高雅派文艺的最高成就。 它就此博取了官方文学界的高度赞美。

人们制造了一个"高雅文艺"的繁华时代。这种以"真善美"为尺度的趣味，主导了 20 世纪 80 年代的文化面貌。但它随即受到了城市草根青年的挑战。就在"张贤亮们"甚嚣尘上的时刻，反高雅的声音涌现了。韩东的《有关大雁塔》对传统文化、经典、崇高感和"英雄主义"进行解构，企图颠覆国家主义的崇高美学，由此成为第三代诗人出山的美学纲领。

此后，经过反英雄的撒娇派、反优雅的莽汉主义、反语文（打倒名词、动词和形容词）的非非主义等，粗鄙美学再次复兴，成为青年诗歌的精神主流。

氓俗

1987 年，米兰·昆德拉的《生命中不能承受之轻》中译本出版。作者在该书第六章中以理论先行的方式，重释了"媚俗"一词的含义。媚俗（kitsch）一词，是"臭大粪"（shit）的反义词，但它最初却是粪便的意思，在从德国传向整个欧洲的过程中被颠倒了语义，成为对粪便的绝对否定，借此表达对粪便、垃圾和低俗的蔑视，并暗含着对高雅的无限慕求。而这种在倒置中建立的语义，具有更强烈的自我指陈性。显然，"媚俗"应该被译为"媚雅"，而中文所使用的词汇，是一次文化错译的结果。

昆德拉在形而上地清算了"媚俗"的真正语义之后，才开始用这个词来描述女主人公萨宾娜的内心感受："她厌恶当局企图戴上美的假面具——换句话来说，就是当局的媚俗作态。当局媚俗作态的样板，就是称为'五一节'的庆典。"在昆德拉看来，"媚雅"的意思就是假装优雅，而最媚俗的，恰恰是那些劣质的

"主旋律"作品。 它们的任何存在，都是对公众文化选择权利的剥夺。

昆德拉对媚俗（媚雅）的最新解释，引发了当年知识界的热议。 在北京、上海、武汉和广州的高校学术沙龙里，"媚雅"曾经成为火爆的语词，它加剧了人们对崇高、优雅和乌托邦真理的质疑。 批判知识分子和先锋艺术家利用昆德拉的阐释，对左翼理论家展开反击，但在 20 世纪 80 年代，高雅和通俗的争议，还仅限于风格的政治正确与否。 它未能扩展为大众文化消费权利的实质性探讨。 这是因为，在前互联网时代，高雅和通俗的问题、媚雅还是媚俗，只是官方和知识分子共同垄断的话题。

20 世纪 90 年代，随着王朔式电视剧的流行，流氓主义开始盛行，并且取代精英文化，成为"中国模式"中最具特色的文化形态。 在颠覆了"假、大、空"的伪崇高之后，王朔主义也取消了人们对真理的感受性。 在 1990 年的寒冷冬夜，电视剧《渴望》刚刚还在宣扬小人物自虐式的崇高，《编辑部的故事》就已撕破庄严的人生面具，调侃它的崇高意义。 在各种因素的作用下，"审丑主义美学"开始流行起来，而它的叙事主体则转向北京大院子弟。 正是那些革命先辈的后代们，率先葬送了优雅、崇高和理想主义的信念，并以反讽的方式搜寻新的价值出路。

王朔以敏锐的笔触，独立改写了一个时代的叙事语法。 自此，流氓主义造型开始成为一种主流。 它从文学开始，席卷美术、电影、电视、戏剧等诸多领域。 方力钧的大头流氓形象，是一种如此放肆的存在，散发出呆傻而无耻的光辉，犹如一个时代的病态记号，激励民众沿着流氓化道路奋进。 仅仅花费近 10 年时间，流氓美学就已成为我们的核心价值。 越过千禧年的钟声，它降临于世人的头脑，向我们发出"氓俗"（流氓之俗）的召唤。

丑俗

15 年之后，这场俗化运动终于有了一个阶段性成果。 作为"中国娱乐元年"，大量丑角式面容在 2005 年开始涌现。 从芙蓉姐姐、芙蓉妹妹、芙蓉哥哥、国学妹妹，到后起的凤姐和犀利哥，等等，历经数年，构成了"芙蓉家族"的庞大阵营。

这同时也是新一轮"以丑为俗"的运动。 丑角们在互联网中崛起，挑战传统美学及生理底线，成为"零年代"的文化旗帜，为娱乐群众的广场式狂欢，提供令人震惊的题材。 而媒体则给予热烈声援。 上海某家报纸，在同一天里竟用整整七个版面来报道芙蓉姐姐的故事，书写了中国报刊的历史新篇。 而就在那种针对丑角的嘲笑之中，公众得到了必要的安慰与满足。

这是从 20 世纪 80 年代的"通俗"，经过 90 年代的"氓俗"，到 21 世纪"零年代"的"丑俗"的三次推进，表达出颠倒人类常识的革命性力量，却仍然不是俗美学的历史终点。 所有那些俗人、俗务和俗趣，在继续向伟大的文化恶俗全力飞跃，完全超出了日常趣味的底线。 本文所谓的"文化恶俗"，并非指那些民间自然生长的通俗文化，而是那种受到鼓励的低级趣味，以民众需求的名义加以大量生产，又反过来逼迫民众进行全方位"消费"，并最终剥夺其多元文化消费的权利。

拒绝进行影视分级，便是继续鼓励镜头暴力；而某些收视率指数，更是逼迫全体电视从业人员向恶俗投降。 与此同时，所谓的高票房支持了"国产大片"的繁荣，使其恶俗指数与日俱增，达到令人惊艳的地步，同时也使其成为中国式恶俗的最大视觉源头之一。

2005，中国文化的全新牌局

三驾马车的话语牌局

2005 年，中国大众发出了惊天动地的叫喊。"沉默的大多数"终于结束"沉默"，转而成为中国最大声的群体。 这个文化事变，修改了中国话语权力的老式牌局。

关于制度和文化孰是孰非、孰轻孰重的问题，一度是中国知识界讨论的焦点之一。 自由主义学者坚持"制度决定论"的立场，并借此对新文化运动以来"文化决定论"的大失败作了沉痛的思想检讨。 尽管这种反思有助于提升人们对制度改良的关注，但它并未突破"制度－文化"的二元论框架。 越过近一个世纪的岁月，经济和科技作为新的犀利元素，早已强行插入中国腹部，并以"制度－经济－文化－科技"的多边互动，重构了社会营造的各种要素。 看不到这点，就难以对中国文化现状作出准确的判断。

在 2005 年中，一方面是旧体制下的新经济发展继续塑造着文化的功利主义品格，一方面是电子科技势力的扩张。 它最初只是经济发展的产物，而后却变成了改造文化的强大动力，令体制难以驾驭。 如此复杂的四边互动，营造着 2005 年的文化面貌。

一方面，基于互联网技术（论坛、博客、动漫、音频和视频等）的发育成熟，网民群体迅速繁殖（约 1.1 亿），他们用超大数字的点击率，勾勒出芙蓉姐姐们的"丑角"形象。 另一方面，电视技术和手机短信，也塑造了"超级女生"的青春偶像。 这两项电子技术的辉煌后果，题写了现代文化史的诡异一页。

芙蓉姐姐，一只"披着狼皮的羊"，表情嚣张地推开了中国文化的沉重门扇。 有关"貌似天仙"的自我表扬，成为当年最骇人听闻的台词。 她的"S 功略"，就是在论坛上张贴自己的"S"形身躯造型。 这种零成本的身体实践，为女性草根的"翻身"，开辟了一条光辉的道路。

继卫慧、九丹、木子美、竹影青瞳和赵凝之后，身体叙事的主流正在不断派生出各种新的流派。 除了"宝贝派"、"日记派"、"裸身派"和"巨胸派"，更有"菊花姐姐"单手创立"蝴蝶派"，引发舞蹈界精英的哄堂大笑。 她用呼啦圈道具所作的蝶化表演，是一个精妙的象征，隐喻着下列坚硬的事实——大众从历史的坚硬茧子里脱颖而出，成为数码乌托邦的主宰。

与芙蓉姐姐和超级女生遥相呼应的是，在国家和知识精英之外，"第三种话语势力"已经崛起。 经过将近 10 年的缓慢生长，"哄客"基本完成了其在互联网上的权力布局。 在那些核心网站和民间论坛，他们已经成为左右舆论的重要势力。 尽管这种权力重组仅仅发生在话语层面上，但它已经确立了民粹主义的价值阵营，并注定要对中国文化结构产生深远影响。

由于互联网哄客的崛起，国家和知识精英的二元结构，正在转型为话语的三权分立：大众、国家和知识精英。 在新的三驾马车体系里，国家继续严守威权主义立场，知识精英战成一团，大众在高声叫骂。 这就是 21 世纪中国文化的全新牌局。

哄客社会的畸形容貌

哄客可以大致划分为赞客、笑客和骂客三种类型，并且应当以笑客为主流形态，借此维系健康"公民社会"的基本风格。 但在现今的中国，以所谓"愤青"为主体的骂客，取代了笑客的地位，成为支配大众舆论的主流。 骂客渴望言说的权利，却拒绝为此承担责任。 在夺取话语权后，骂客所做的第一件事情，就是把口水暴力强加给了这个文化衰退的年代，使它的容貌变得更加冷酷。 骂客是草原上的胡狼，他们集体出动，狙击他们的道德猎物，对他们实施道德打击和羞辱，然后为自己取得的战果发出震耳欲聋的欢呼。 没有任何法律和伦理能够制止这种暴力狂欢。

骂客社会在中国的崛起，固然跟大众对现实的不满有关，但最终还是基于犬儒主义的生活策略。 以匿名的"无名氏"方式在公共空间展开反讽、嘲笑和叫骂，满足了宣泄的欲望，同时却具有最大的安全系数，无需对言论后果承担任何责任。 但这种痰盂里的反叛，并不能养育任何文化英雄，恰恰相反，它只能进一步提升社会的仇恨指数。

在大众获得话语权之后，骂客改变了走向，将自身引入了畸形和病态的时空，这是 2005 年最大的文化悲喜剧。 这不仅为某些学者倡导"实名制"提供借口，而且击碎了知识精英所期待的"公民社会"梦想。 在这一变故里隐含着一个常识性的公理——没有精神自律的自由，就是自由的死敌。

国家主义的民族符号

就在骂牌叫阵的同时，国家主义的文化外宣模式，却得到了出乎意料的改进。 新战略包含了两种模式：第一，在"孔子学院"的名义下实施"汉语西进"；第二，向欧美推销夸张且特色鲜明的文化符号，在"中国年"或"文化节"的名义下实施"国粹西进"。 这两种"西进"模式，构成了国家主义文化的全新战略核心。

国家意识形态的硬性传输早已失效。 早先时代的人们已经懂得利用京剧和杂技里的民族符码来传递国家信号，但由明成祖朱棣组织的帝国文化符码（红色、龙狮、牌坊、灯笼、闽粤锣鼓等），制造了严重的"民俗疲劳"。 如果没有那些高跷、红绸、安塞锣鼓和穿旗袍拉胡琴的性感女人，民族符号的"进化"是不可思议的。 有人开始运用那些被重新整合的民族符号，把它们转换为更有魅力的国家符码。

在热火朝天的外宣运动的侧翼，民族历史元素的采集也在紧锣密鼓地进行。 杨丽萍的《云南映象》推动了民间原生态文化的大规模开采；"文化遗产"的申报已发展为"遗产经济学"的庞大行业；"国乐团"的演奏阵容日益庞大；"国学"复兴的总动员也已发动；由"国师"主编的《清史》，投资数亿人民币，俨然朱棣的《永乐大典》再世。 与此同时，各种国学书刊、国学院和国学私塾，犹如雨后春笋。"国学"正在成为一张表情庄严的大牌，蕴含着国家主义的最高学术信念。

"国学"就是国家和学者的互动平台，它始于延安，继而在

20世纪50年代由郭沫若等人开设，具有短暂而辉煌的历史。 国家对学术的高价征用，是当下"国学"兴盛的重要原因。 但这种"国学"的基本特征，在于它开辟了"学术国家化"的道路。 学术独立是知识分子的基本理想，学术一旦被国家征用，就只能变性为"国术"，也即体制的修补之术。 如果没有看到"国学"背后的"国术"本质，就无法对"国学年"作出恰当的描述。

"第四代"儒生的政治权谋

2005年最大的"国术"表演，就是在曲阜举办的官方祭孔大典。 由于演出服饰凌乱，各朝服装乱穿，甚至满清的服饰也混杂其间，缺乏基本的文化逻辑，仪式现场的风格滑稽可笑。 但"第四代"新儒生的集体出牌，还是给2005年的中国文化牌局，注入了来自"知识精英"的"希望"。

陈明宣称："儒学是国学的核心"。 这是新儒生把"国学"绑架到"儒学"战车上的危险信号。 利用民众的文化和道德焦虑，蒋庆力主"儒教要重回国家文化权力中心"，成为"王学"和"官学"，也就是成为官方意识形态的核心，借此对抗"基督教文明"。 康晓光则进一步宣称："民主化是祸国殃民的选择，中国应该选择儒化"，也就是用所谓"仁政"来替换人们对民主和自由的诉求。

但正如蒋庆所说："文化就是一种权力"。 在这副"国学"牌的背面，露出了有关权力的深谋远虑。 新儒生的权力梦想，至少包含下列三个方向：第一是思想权，也就是要用儒家"天意"

来"统一"国人的"思想";第二是遗产权,即建立所谓"中国儒教协会",并为儒教古籍以及孔子像等无形财产申请专利保护,而以儒教内容为题材的赢利性文艺作品,均应向该协会交费,由此推动儒学经济的发展;第三是掌控国家的权力,即执掌中国的最高政治权力。这与其说是"儒学",不如说说一种野心勃勃的"儒术",旨在实现儒学与政治权谋的亲密接轨。

"打倒孔家店"无疑是一场过火的"革命",而今又倡导全盘复辟,转而成为过火的"反革命",中国文化的反省与建构,始终处于极端的涨落之中。新儒生连中庸之道都没有学会,也未能读通"四书五经",亦来不及作现代性阐释及话语转换,更无力分辨其中的糟粕和精华,便急不可待地推销"原教旨主义儒学",并断然拒绝兼收本土其他学说(例如与儒家互补的道家)和西方文化的精华,其结果只能导致新的价值错位,加剧转型中国的思想混乱。儒学早已是个行将就木的老妪,却还要被"第四代"再骚扰一次,这是儒生的出牌闹剧,也是儒学的历史悲剧。

"文化大师"的修炼与塑造

　　"文化大师"谱系里的各种桂冠，正在变得琳琅满目起来。从"英雄"、"风范"、"宗师"到"泰斗"和"巨匠"，这些令人亢奋的语词壮大了国民的自信。　在一个文化溃败的时代，大师生长的土壤早已成为荒漠，而"大师"却仍如雨后春笋般地茁壮成长，这种超乎常理的奇迹，描绘了中国当代社会的诡异景象。

　　自从某大师的"年龄门"事件爆发以来，关于"大师"评判的标准，再次被媒体提上了议事日程。　在我看来，大师是指那些在某一领域建构新的价值体系，并据此成为民众精神领袖的杰出知识分子。　以 1949 年后的台湾为例，他们拥有新儒学的大师（如杜维明）、新佛学的大师（如星云法师）和新自由主义大师（如殷海光）等。　而耐人寻味的是，大陆却打造出自己的另类"大师"谱系，并拥有自主炮制"大师"的下述三大秘诀。

　　首先必须具备超人的禀赋，尤其是过目不忘的记忆力。　这方面的范例，可参见陈寅恪和钱钟书的事迹。　在传记作家的描述中，陈寅恪先生能够记住所有阅读过的文本，以致有"活字典"之誉，并能阅读藏、蒙、满、梵、日、英、法、德以及巴利、波斯、突厥、西夏、希腊、拉丁等十几种语文。　而钱钟书先生亦以博闻强记著称，素有人肉"照相机"的美誉。　但这种记忆力只是前谷歌时代的技能，它夸张地折射出人们对于知识储备的无限渴望。 进入谷歌时代之后，人肉搜索引擎和硬盘代替了"人肉记忆体"，以致这种禀赋逐渐失效，转而成为一种旧时代的历史传奇。 而个人禀赋则开始转向，在身体高蹈的流氓时代，它注定要投向老翁与少女的性爱神话，也就是投向最具狂欢性的情色主题。 难道还有什么比这更好的选择吗？

某楚辞大师的业绩已经表明，他在楚辞方面缺乏深刻的判断力，例如，屈原在《楚辞》中喊出的叛逆之声，揭示了屈原想当王的明确意图，而大师居然没有看出这点。 据众多媒体报道，大师的主修科目不是楚辞，而是房中术，属于"国学"中的"下半身"领域，也即该学科中最神秘暧昧的部分，并总是遭到人们的蓄意规避。 然而，如果没有法家的专制整人术、阴阳家的堪舆算命术和道家的养生房中术，所谓"国学"就是一座空空荡荡的库房。 可惜这类房中术心得未能写成巨著流传，否则，"国学大师"的桂冠是任何批评者都无法褫夺的。

为了继续扩展大师的身体叙事，年岁成为第二个重大指标。活到九十岁以上又身怀异秉者，就有望被世人奉为大师，而"百岁"更是辨认大师的重要量化指标。 精神矍铄固然很好，纵使卧床不起，只要可以苟活，也能熬成"一代宗师"。 从"文学大师"冰心、钟敬文、巴金，到"国画大师"刘海粟、朱屺瞻、黄永玉、晏济元等，当代中国遍布各种以年岁造势的案例。 为打造巴金老人的百岁大师形象，有人断然拒绝其安乐死的恳求，不惜以输液强行维持其生命体征，直至"百岁"降临。 这种年寿叙事加剧了人们的误解，以为大师就是能够超越时间和病痛的巨人。

与此密切呼应的是，大师还必须蓄须成美髯公，由此构筑年岁的视觉标记。 胡子跟学术地位形成了某种古怪的正比关系：胡子越长，就越具有大师风范。 人类的胡子最初是成年或壮年（黑色）以及衰老（白色）的象征，而最后却上升为激动人心的旗帜，飘扬在大师们的脸颊上，宣喻着智慧和才学的总量。

大师生成的第三秘诀，是必须学会在庙堂和江湖之间长袖善舞。 即便没有足够长的胡子和先天异秉，只要善于捕捉时机作含泪劝告，就有望获取"大师"称号。 眼泪是一种身体分泌物，更是一种煽情的道具，而这正是"含泪大师"所擅长的技艺。 我们已经看到，眼泪叙事产生了奇效："大师"的桂冠以及数千万"基金"从天而降。 这无疑是一种榜样，向那些觊觎"大师"地位的人们，作出了蛊惑人心的示范。

这场基于身体叙事的大师挂牌运动，就各地而言，是一项重大的形象工程，而在民间则意味着一种严重的文化焦虑。 正如对诺贝尔奖的狂热那样，"大师"能够缓解世人对于文化危机的忧虑，并制造出文化繁荣的气象。"大师"的存在就是文化安全的信号。 但这终究是一个华丽的幻影。 基于文化土壤的日益贫瘠，从 20 世纪下半叶以来，我们的土地上就没有长出过任何一株叫做"大师"的植物。 而那些旧时代残剩的大师，如梁漱溟、熊十力和陈寅恪，也在昨日的风雨中痛楚地死去。 他们失色的面容，冻结在历史苦难的深处。 真大师的故事，只能用以谱写凄凉的哀歌；而唯有伪造的大师，才能作为鲜艳的文化口红，被抹上苍白的嘴唇，用以粉饰这一人本精神残缺的年代。

《云南映象》与杨丽萍悖论

　　全球化浪潮下的中国，原生态已经变得如此稀缺珍贵，以致它成为 21 世纪的主要开发资源。 2003 年，由杰出舞蹈家杨丽萍在昆明推出的《云南映象》，乃是中国文化生长的一个重大契机，因为正是她率先提出了"原生态歌舞集"的理念。 2004 年，山西左权举行的全国民歌南北擂台赛，也在音乐领域引入"原生态"一词。 随后，文化部开始征用这个概念，制订和实施抢救性文化挖掘计划。 2005 年南宁国际民歌节，原生态民歌再度引起人们的瞩目。 央视举办第十二届央视青年歌手大奖赛，增设原生态组比赛，而全国第三届少数民族文艺汇演，更是高举"原生态民歌"的旗帜，成为媒体竞相追踪的焦点。 经过几年的培育，"原生态"已成为最热烈的文化时尚。

　　在晚期资本主义的语境下，"原生态"意指尚未被艺术加工的民间质朴艺术形态，而在更广泛的全球视野里，它还应当囊括所有未遭现代商业文明摧毁的原住民文化。 对于中国这样资源丰厚的超大国家而言，"原生态"资源主要来自四个方面——自然、历史、地域和少数民族。 其中，自然景观的开发已基本穷尽，历史文化（原典、墓葬和古建筑）的发掘也濒临终结，地域文化（民居和民俗）亦在全球化进程中分崩离析，只有部分少数民族文化尚未开采。 原生态的绚丽歌舞，向人们展示了一个全新的宝库，它被封存于边陲群山的贫穷村落里，长达 10 多个世纪之久。 它的重新发现，引发了经久不息的全国性狂潮。

作为非物质文化遗产，原生态歌舞极易失传，存留困难，对其进行抢救性保护迫在眉睫，而这种挖掘还必须依赖市场和商业的支撑。 但这种草根艺术一旦被票房控制，质朴纯真的原生状态便会荡然无存。 此外，维系原生态文化的前提，就是维持它赖以生长的民族（地域）、自然与文化空间，而这势必会与原住民走向现代化的生活渴望发生激烈冲突。

我把这种由正题推演出反题的逻辑命题，命名为"杨丽萍悖论"，它来自杨丽萍《云南映象》的启示。 这个歌舞集首次向我们展示了原生态文化的强大魅力，但它被开发出来之后，必将失去原生活力，退化成僵死的橱窗标本。 一个著名的前车之鉴，就是云南西双版纳的傣族歌舞。 它是 20 世纪 80 年代的原生态品种，但经过 20 多年的旅游开发，已被市场之手打造得面目全非、沦为商业艳俗文化的反面样板。

"杨丽萍悖论"是一个世界性难题，联合国教科文组织，至今未能解决各国在遗产申报中出现的悖论现象。 在旅游局、文物局和环保部门之间，保护和开放的博弈经久不息，两种矛盾的立场根本无法调和。 抱怨和指责回荡在 21 世纪中国的文化开发现场。

与"杨丽萍悖论"相似的是"嬴政悖论"。 在中央集权体制下废除六国旧制，形成文化统一的宏大格局，建立"车同轨"和"书同文"的技术与文化体系，无疑有利于经济发展和文化传播，并为秦帝国的三大战略工程——长城、阿房宫和始皇陵的建造提供了最广阔的资源，但它同时也是区域文明的严酷杀手。在秦统一六国之后，曾经强大发达的吴越文化、楚文化和蜀文化等，均毫无例外地遭到了致命的摧毁，被迫退出了远东的历史舞台。 而区域文明的死亡，则反过来激发地方贵族的反叛欲望，加剧了帝国的危机。

20世纪50年代开始的普通话推广运动，也有利于文化的传播，而在文盲占大多数的背景下推行简体字，则有利于加快识字步伐，迅速提高大众的文化素质。但经过近50年的实验，我们已经看到了这两项推广运动的弊端：普通话的推广和方言的废止，导致地域文化的严重退化，并且还将继续退化下去；繁体字的废除，令年轻一代在接纳传统面前出现了严重的意识障碍，古典精英文化无法得到承袭，恰恰相反，那种拒斥和反感心理的普遍增长，为"文革"的群众大清洗奠定了幽灵式的心理基础。而这两项改革的负面效应，至今都未能得到必要的反思。

在走向现代化的伟大进程中，我们将继续面临各种文化悖论的困扰。20世纪90年代兴起的新建筑浪潮，令中国的大中城市迅速完成旧城的硬件改造，现代化的生活梦想，变得唾手可得，但它同时也摧毁了城市历史脉络，令文化生态遭到严重破坏，并瓦解了人与城市的内在和谐，造成了梦想的永久性破裂。这种任何权力都无法解决的悖论，充分表述了现代化进程中的文化困局。

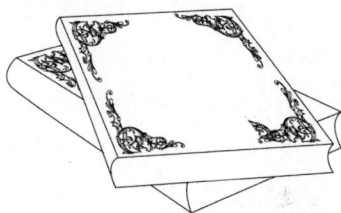

扇动的翅膀

　　在完成最后一张黑白木刻的时候，你会看到色彩。 但这不是世俗的五彩，而是世界的原色。

走出思想的童谣

青春

在"80后文学"震耳欲聋的市场叫卖声背后，有一种声音低哑而沉重，它来自一个细小的青春群体。 他们的话语摇篮与卡通、电子游戏和武打片无关。 越过那些丧失了乡愁与童谣的集体性人格，他们拥有类似苦难时代的奇异品质。 从羽戈的文字里我获得了这样的印象：这个人是如此的年轻，但其额头上却隐现出早熟的皱纹。 那是一种怎样的条纹啊，附着在思想的斑马上，继而行走在狂欢的时代，发出喑哑的不合时宜的叫喊。

贫困

贫困不是优秀的品质，也不是思想丛生的原因，而是痛苦的最形而下的根源。 但在嗜血的资本主义社会，它极易成为炫耀的事物。 只有在自我认知照临的时刻，贫困才能成为一种灵魂生长的激素。 饥饿与寒冷塑造了我们，令我们获得了身体和灵魂双重苏醒的契机。 羽戈置身于贫困的边界，被这种困境所激怒，向形而上的世界展开探险。 他们逼迫自己站到了天堂和深渊之间。

苦难

贫困是肤浅的痛苦。 它根本不是苦难本身。 一面是深重的民间苦难，一面是世人对痛苦的高度麻木，这种尖锐的对比，已经超出了历史常识的范围。 这就是"零年代"赏赐给我们的悲惨礼物。 小资时尚总是迫切地转换一切现存的痛苦，把它变成可以吞服的文化糖果。 没有任何一种事物像流行写作那样，不倦地抹除着痛苦留在我们心里的刻痕。 但我还看见了另一种景象：苦难正在成为强烈的道德快感，并且总是停留在知识精英的表情上，仿佛是一种供人景仰的标签。 痛苦是最容易沦为面具的那种事物。

羽戈的书写，体现了一种紧迫的使命，那就是不断地验证个人痛苦，并且向苦难世界伸出自己的触手。 但对于羽戈和他的小群体而言，焦灼是比痛苦更为撩人的心弦，他自言"日日夜夜焦灼难安"，表达了自我崛起的强烈渴望。"80后"的思想者善于从前辈那里获得养分。 他们温柔地"弑父"，以继承和反叛的双重姿态现身，利用互联网平台，走向言说权利的现场，并且注定要对历史作出自己的判决。

愤怒

愤怒不是一种歌唱，它只是一种孕生暴力的激情。 面对普遍的苦难，愤怒像头发一样向上生长，越过头颅的理性高度，点燃思想叛乱的火焰。 我们每天都数度被各种坏消息所激怒，那些苦难消息、死亡消息、黑暗消息和罪恶消息笼罩着我们，迫使我们作出最直接的生理反应。 这是"愤青"诞生的广阔土地。

我注意到羽戈的理性主义立场。 他很少直接被愤怒所左右，相反，他总能驾驭这种情感，把它们转换为一种知识考古的理性立场。 他的观察限定于文本，也就是限定于那些知识性言说的范围。 他从哲学与神学的血库里获取养分，同时也反观它们，从这种彼此的形而上打量中，验证存在的意义。 这完全超越了青春期的惯常特性。 愤怒从哲学的角度退出了书写。 它打断了童谣生长的寻常程序。

信仰

这是一个与灵魂而不是身体相关的话题。 一个自诩富有的种族，沉浸于所谓经济增长的奇迹之中，而信仰却轻蔑地掉头离去。 这难道不是一种令人悲恸的景象？ 正如屈原在 2000 多年前所质疑的那样，我们从哪里去召回我们的精神家园？ 在新儒家和基督教之间痛苦地徘徊，被东西方两种传统所迷惑，中国变成了巨大的迷津。 没有任何一种现存的心灵指南，能够把我们带出这个天堂的幻影。

羽戈的文论部分指涉了信仰，这个被大多数公共知识分子所忘却的话题。 但他的困顿和笃信却是等量的。 就放在我面前的这个文本而言，他在悉心盘点那些二级价值，却难以直面终极的拷问。 他的精神攀援行动遭遇了崎岖的地貌，这是不可避免的事故。 他正在重复我们这一代的历史际遇。 但他也许有更多的时间寻找出路，而这就是我的寄望。 尽管文化进化论是可笑的信念，但我愿意看见一个更健康有力的新世代的崛起。

救赎

救赎（也许还应包括"忏悔"和"良知"）是我最不愿轻易指涉的语词，这不仅因为从话语内部并不能达成救赎，还因为它遭到了伪基督徒的篡改，沦为扮演道德精英的庸俗道具。 我仅仅支持那种拒绝言说的救赎，包括各种内在的忏悔，以及那些被行为所证实的良知。"救赎"是自救与拯救两种行为的泛称，其中唯一值得我们认真考虑的是自救。 在尚未握住信仰的核心以及完成自救之前，必须慎言救赎与它的各种衍生词。 这是我的唯一忠告。 我们的言说完全不足以改变世界的进程，但可以改变我们自己的心灵。 仅此而已。

言说

我们置身于一个庞大的话语废墟。 旧式话语的统治无所不在，毁坏了我们的日常言说体系，令它变得粗鄙、低贱、充满无耻的暴力。 互联网加剧了这种话语的灾变。 值得庆幸的是，羽戈接纳了"80后"少数人的话语遗产。 尽管言说品质还有待纯化，但它已经获得一种近似澄明的清新气质。 就这点而言，羽戈，还有他的挚友姚伟与张鹭等，已经超越了那些声名显赫的思想前辈。

我注意到一个耐人寻味的现象：反讽创造了伟大的奇迹，但它也颠覆了我们的信仰基石。 羽戈的个性与反讽无关，他站在反讽的江湖里，手足无措，茫然四顾。 他在本质上是正谕话语的后代，他只能在正谕之路上一意孤行，从那里去探求真理或真知的极地。 这使他的话语维度变得单一起来。 这是某种相当严厉的限定，却可能是下一次飞跃的起点。 我喜悦地看见，羽戈已经羽翼丰满。 他大步走出了思想的童谣。

（本文是作者为羽戈《无名者的心魂书写》所作的序言）

民族国家的镜子和工艺

　　丑陋是一种令人不快的镜像，也就是人在镜中自照时所获得的负面性感知。 对于一个民族国家而言，这意味着一种自我反省、批判和改造的能力。 它最初仅仅是一种勇气，而后就会生长为一种智慧，并且最终成就了伟大的品格。 反思力的存在，或者说，拥有足够的自我批判的力量，是探查民族国家是否真正强大的重要标尺。 就精神层面而言，这无疑是最便捷有效的探查。

　　"丑陋"作为自我鉴定的基本术语，起源于一本叫作《丑陋的美国人》的书，它由美国作家莱德勒和伯迪克所著，书里充满了对美国外交人员的自大傲慢的抨击。 据说，美国国务院曾对此加以深入研究，确认它是"确实刺激思想"的好书，并要求本国外交官人手一册，仔细阅读和深刻反省，以期修正民族性的各种弊端。

　　日本文化人类学家高桥敷受到美国人鼓舞，于 1970 年推出《丑陋的日本人》，以其在南美洲生活 8 年的见闻和感受"揭露了祖国日本人的种种弊端"，"那种犀利深刻的剖析，连续不断地撞击与刺痛着读者的心灵"（会田雄次语）。 作者误以为此举能够引发本国国民的深刻反省，却反遭意外的围攻。"你还算个日本人吗？""滚出日本去！"各种非难和威胁铺天盖地。 作者甚至为此数度隐名埋姓，以免遭杀身之祸。

日本民族对自我反思的拒斥，显示了其"丑陋背后的丑陋"。 在对待战争罪行和各种历史方面，日本跟德国形成了尖锐对比。 当德国人为二战罪行向犹太人正式道歉并打造犹太人纪念碑时，一些日本人却在企图抹除南京大屠杀的血迹和记忆。东亚民族的深层自卑和怯懦，在此类事件上已经暴露无遗。

无独有偶，当柏杨在台湾发表《丑陋的中国人》后，同样遭遇了来自台湾民众的狂热攻击，而在当下的中国大陆，基于民族主义的兴盛，民众对柏杨的态度发生戏剧性的转变，从 20 世纪80 年代的尊重转向轻蔑和谩骂。 甚至知识界都开始展开"反思"，指斥其知识欠缺，无非是沽名钓誉的手法而已。 虽然尚未达到燃灯鞭尸的程度，但用词之峻切，足以令人心惊。 幸亏柏杨先生及时仙逝，否则，他也将面对"隐名埋姓"的可悲命运。

这是远东文化共同体的"镜像综合症"，它的感染范围几乎囊括了中国、日本、韩国等所有东亚国家。 它的共同症状，就是恐惧自己在批判性镜像中的形象，并且竭力指责镜子的低劣，进而打碎镜子，消灭所有那些真切的文化影像。 这是 19 世纪以来后发国家的集体性精神病症，它要以"民族主义"和"爱国主义"的名义，终结一切自我治疗的程序。

中国古代曾经有过一种广泛流行的职业——造镜师，那些铜匠不仅技艺高超，而且被认为拥有某种巫术力量，因为他们所制造的神秘器具，能够奇妙地映射出人的美丽或丑陋，在上古和中古时代，这种魔法是不可思议的，它超越了人的日常生活能力。奇怪的是，尽管它可能会引发强烈的不快反应，但人还是接纳了这个来自神的礼物。 照镜，最终成为日常生活的重要组成部分。为了维系这种照镜事务，另一种与此密切相关的行业盛行起来，那就是磨镜匠。 他们专门负责打磨镜子，以维护镜子的基本反射功能。

就更宏观的社会实体而言，没有任何一个民族国家是完美的乌托邦。 它们的自我完善，同样依赖于"人文镜子"的打造和修磨，借此展开对缺陷性基因的认知和改造。 知识分子的使命，就是像高桥敷和柏杨那样，无畏盲眼民众的攻击，承负起民族国家自我批判的艰难使命，把这种造镜和磨镜的事业，推向精密完美的状态。

是的，民族国家的自我反思，仅仅用"丑陋"来定义是远远不够的。 这个语词过于情感化，还只是一种浅表的借喻。 它可以成为通俗读物，却不能成为支撑文化人类学的内在核心。 民族性解剖需要更深的切入，从肌肤、肌肉、骨骼直逼内脏，不仅如此，它还需要更多的分析理性和学术智慧。 超越"丑陋"的唯一道路，不是打碎镜子以逃避镜像里的自我，而是要在反省和批判中获取自我完善的能力。

毫无疑问，无论高桥敷、柏杨还是莱德勒和伯迪克，那些建立在"丑陋性"上的反思，只是一种粗陋的开端。 他们所启动的镜像工程，需要大批接棒人的加入，由此提升造镜与磨镜工艺的水准。 但无论如何，我们都应当向这些先驱者致敬，因为正是他们发明的民族国家镜子，第一次向我们说出了简单、残酷而有益的真相。

（本文是作者为高桥敷《丑陋的日本人》中文版所作的序言）

时间法则下的集体肖像

继《上海人家》和《上海弄堂》之后，摄影师胡杨这次再度推出了《上海青年》，由此完成了"上海纪实摄影三部曲"的全部计划。 在这组影像人类学的区域性文献里，胡杨把焦点对准青年一代，采访并拍摄了 300 位生活上海并出生于 1970—1989 年的青年。 他们是一些意态生动的"活体标本"，向我们展览着这座超级城市的年轻风貌。

胡杨是上海生态的重要观察者，早在 20 世纪 80 年代，他就已开始了地方影像志的艰难采集，把焦点长期对准平民大众和城市贫民。 每天清晨和黄昏，他守望着那些忙碌的人群，并且要被迫面对里弄小脚侦缉队的盘查。 而那些在 80 年代出生于街巷市井的婴儿们，终于在《上海青年》里长成了最年轻的成人。 这是一种戏剧性的变化。 时间悄悄改变了中国历史，令它散发出"进化论"的炽热气息。

在这部主题画册里，青年一代被作了进一步细分，也即按习惯的出生年代，分为"70 年代"和"80 年代"两个品种。 鉴于时间并非分类学的最佳尺度，这种归类似乎出于某种习惯或无奈，但它却在中国语境下变得意义重大起来，因为中国就是典型的"时间民族"。

对时间的敏感和关切，乃是时间焦虑的一种表达。 越过黑格尔所描述的"静止的时间"，中国在 20 世纪变得性情躁动起来，开始依赖于新的时间算法。 发展、进步、高速、大跃进、日新月异，等等。 这些节奏急促的政治语词，充填着我们的日常生活耳朵。 半个多世纪以来，我们被时间这条龙撵得到处乱跑，成了它狼狈不堪的囚徒。

那些时间的匆匆过客，就此登上了历史的舞台。 他们在镜头前摆弄姿势，展示自己的身体语言，提醒观看者留意其殷实、调皮、戏谑、装嫩、秀美、摩登、随意、潇洒、迷惘、困顿、慵懒、游戏和无聊等各种侧面。 个性的差异超越了代际的差异。一旦把那些照片分类打乱，你甚至无法分辨他们的文化归属。

尽管如此，他们仍然保留着一个共同特征，那就是时间法则。 时间的刀锋，在他们身上留下了阴险的刻痕。"80 年代"更为自我和时尚，对新潮的感受性更为强烈，而"70 年代"偷偷步入了中年，他们被竞争、家庭和岁月弄得疲惫不堪，脸上留下深浅不一的印迹。 那些跟时间相关的"语词"，镶嵌在平面的影像上，成为人的形态的隐秘说明，甚至成为代际身份辨认的核心记号。

越过胡杨的镜头我们可以看到，无论出自哪个年代，每个被摄者都在仔细地计算时间，表达时间，并说出自己和时间的暧昧关系。 在某种意义上，时间是解读胡杨影像的基本语法。 不仅如此，浮现在那些相框里的，正是时间本身的面容。 这些现在进行时的影像，正在迅速成为过去，而照相机是一种时间魔具，它可以把生命的姿态冻结在一个瞬间，据此向人类提供回忆和阐释的视觉文本。 这完全符合影像人类学的本质：从岁月之河中抓住流水，或者用咒语让河流停止。 我们借此抓住了正在从指缝间流走的历史。

尽管人们可以历数照相术的诸多优势，但它的弱点是不言而喻的。 它拒绝言说与书写，仅仅出示暧昧和充满歧义的姿影，我们甚至无法了解被摄者的生活资讯以及对外部世界的立场。 为了弥补这个缺陷，摄影师同时展开问卷调查，列出 29 个问题，由被摄者作答，并把这些问卷随附在图象之后，令其成为视觉文献的一种话语支架。 在我看来，这部"上海青年列传"已不再是"影集"或"画册"，而应当被称作"图语"。 这种资讯的扩展，标志着摄影师正在超越"摄影"或"摄影艺术"的边际，向着更为广阔的影像人类学领域迈进。 这不仅是摄影师本人的一次跨界行动，也是中国摄影的一次自我进化。 在一个信息多元化的时代，摄影正在摆脱传统的自闭状态，跃入多媒体以及公共言说的广阔领域。

胡杨提供的最新文献向我们证实，沉默了 100 多年的中国无声摄影，正在渐次发出自己最初的声音。 这声音不仅来自"上海青年"，也来自摄影师本人。 尽管他躲藏在影像的背面，但我们已经感知到一个探查者的身影。 从伟大的光学原理出发，他描述了 21 世纪初叶中国社会的集体肖像。

（本文是作者为胡杨《上海青年》所作的序言）

剧痛的言说

奥地利作家罗伯特·穆齐尔提出的"随笔主义"、"一种支配生活、思考和书写方式的混合疗法",是针对战争状态下不确定性的生命策略。 产自第二次世界大战时期的哲学,延续到了转型中国,成为中国自由知识分子的工具,它要营造一种自由、实验和隐喻的写作空间。 但这种随笔始终处于文学的边缘地带,被"擅长小说和散文"的主流作家所轻蔑。

蒋蓝是大批四川先锋诗人分化后的"剩余价值"。 他是"非非主义"的第二代传人,多年来保持了跟诗歌相关的书写,成为盆地写作的晚期代表,在他身上,延续了 20 世纪 80 年代川籍诗人的各种特点:非非式的语词营造、钟鸣式的知识考古,以及以"流氓"和世俗的方式在世,跟日常生活保持良好的关系。

我跟"非非派"的诗人,有着年份久远的交往。 1986 年"非非"崛起,蓝马草拟的取消名词、形容词和动词的宏大宣言,一度引起我们的强烈关注。 1989 年在长春《作家》杂志社领奖,我结识自称有气功附体的杨黎,领教了"非非派"的天真;在扬州,我又认识了何小竹等人;唯独跟蒋蓝的见面,一直推迟到 2007 年，差不多晚了 20 多年。 在成都，我们在一家欧式茶室里一边喝茶，一边听着"川音"女学生唱着普契尼的歌剧。颤动的性感嗓音，像猫科动物的眼睛一样闪烁不定，令人想起蒋蓝的书写风格。

我第一次阅读蒋蓝，正是他关于猫科动物的叙事。 他对于动物灵性的通达，以及关于猫的性感躯体的描述，令我感到吃惊，因为这完全超越了"非非主义"的逻辑防线。

而在这本叫做《身体的媚骨》书里，蒋蓝打开了关于身体神话的改写工程。 我们不仅可以读到关于嘴唇、手掌、乳房、喉咙之类器官功能的陈列、解读和揭示，还能够窥见器官在酷刑里所放射出的诡异光芒。 身体的自残、自杀到被剐的酷刑，不仅构筑了肉身苦痛的历史场景，而且还成为专制政治以及伦理的镜像。从美女、侠客、义士到佞臣，从施虐到受虐，从人的身体、食物到排泄物，以及各种与身体相关的符号性器物（如红灯、芒果、绳结和周扒皮的公鸡），所有这些狂乱可笑的事物，都在滚动的叙事中变得栩栩如生，俨然在紧贴着我们的肌肤疾行，制造着气氛紧张的诗意。

大量的知识考古、狂热的历史想象、复杂的个人经验、丰富的诗歌意象以及批评家式的高谈阔论，这五种元素的任意组合，形成了一种狂飙式的语势。 这跟周作人先生倡导的"娓语"式随笔截然不同。 它不是把人引向灯下的闲适，而是令人起坐，转向更为亢奋的精神状态。 在蒋蓝的锦匣式叙事里，到处都是浓烈的杀机和杀气。 蒋蓝说："我像一只飞蛾，在越来越危险地靠近火苗。"这与其说是一种自我警告，不如说是一种对火焰叙事的自我赞赏。

蒋蓝随笔的特征在于铺叙。 他放任恣肆的风格，酷似司马相如，俨然是后者的直系后裔。 这是一种仅属于蜀地的历史性聒噪。 从一个细小的词根起始，语词及其意义开始火舌般闪烁，向四处燃烧和蔓延，展开迅速而大量的自我繁殖，最后拓展为一部规模可观的随笔。 蒋蓝很本土地发挥了蜀人的书写天性，令这部知识考古学著述变得趣味盎然起来。

在本书中，蒋蓝表达了对"文学党人"以及正统散文家的反蔑视。 这是民间先锋派的一贯立场。 是的，这是"随笔"向"散文"宣战的时刻。 在杨朔、秦牧、刘白羽和余秋雨的哥德式散文面前，这样的随笔是离经叛道的。 它拒绝向主流价值鞠躬。随笔的动机就是摧毁主流美学的媚俗。 它把媚骨留给散文，而把利爪留给了自己。

"绑在十字木桩上的石达开，像一头摊开的蜘蛛。 血在地面编织着狰狞的构图，他的双眼被头皮覆盖着。 残肢就像神话人物刑天一样，身体上突然睁开了无数双眼睛。"

这是残酷美学的一鳞半爪。 在一种历史性的暴力景观面前，破裂的伤口向眼睛一样张开，露出愤怒的表情。 但这痛苦而不谐的表情，不仅属于晚清，更属于当代中国，并隐喻着某个"无脑化幸福"的时代——丧失了对于历史疼痛的最基本的感知力。

为了修复这种文化痛觉，蒋蓝的随笔犹如刀子，在历史和文化的肌骨上精细地剐着，制造出大量事实碎片。 这是一种残酷的剐式随笔，它要撕开那些被历史织锦包藏起来的血腥真相。这些真相关乎种族和人类的命运，本应离我们很近，但却因遭到口红散文家的遮蔽，而离我们很远。 现在，越过那些被揭发的媚骨，我们即将面对历史残肢的伤口，并为此感到言说的剧痛。 而正是在这电击式的剧痛疗法中，我们才能修复关于历史的良知。

（本文是作者为蒋蓝《身体的媚骨》所作的序言）

越过女性主义的感官视界

作为一个长期居住在广州的女诗人，马莉的诗歌向我们呈现出了其独特的空间容貌。 这种居住地理决定了意象的特征，它总是与海洋和城市的宏大背景密切相关，并要在这种宏大语境中不倦地探寻着话语的细小诗性。"大"与"小"的这种对位和转换，塑造了马莉诗歌的基本容貌。

马莉的空间是被高度选择的，简洁、抽象、光滑、冷静，流露出罕见的思辨性。 这是女性主义的玄学，环绕着一些常见的事物（风、雨、闪电、海洋、鱼、狗和喷水池等），却超越了寻常女人的生命感性，令其获得一种与众不同的形而上品质。

这种品质是在"数量诗学"中依次呈现的。 在马莉的诗歌里，到处分布着数量上的单一物体：一只圆形玻璃茶几、一把无人坐的转椅、一件黑色风衣、一片云朵、一只热带鸟、一只巨形蘑菇、一只出逃的虫子、一棵妩媚的棕榈树……这些被"一"所界定的事物，构成了叙事的核心。 这是量词的诗学，物体被囚禁在在数字的框架里，从那里散发出物理学的冰凉气息。

马莉的这种"冷叙事"和通常的"热抒情"形成了鲜明对

照。 与大多数诗歌的破碎性完全不同，她的句式是高度理性主义的，通常包含着完整的主语、谓语和宾语，后期的作品尤其如此。 而这就是叙事语体的一个语法特点，它向我们揭示了马莉诗歌叙事的内在款式。

但马莉的叙事并非"真性叙事"。 她其实是利用诗歌展开"假性叙事"的高手，除了关于父母的回忆，绝大多数诗作是一些虚构的事件："天还没有黑下来／花园里的情人还没有到来／一只黑色的蝙蝠躺在喷水池里／平静地躺着，仿佛一年到头都是夏天／这是一种什么样的布局／一次又一次地任性／制造着非此即彼的假想事件"（《喷水池里躺着一只黑蝙蝠》）。 这是"零度事件"的叙事，蝙蝠的尸体是一个静物，它的过去和未来都没有构成事件，却在叙事者的话语中形成了内在的历史性幻影，让读者恍然感到某种事件链的存在。

《影子落在了蝴蝶的翅膀上》是这方面的另一类例证，其中包含的事件并不完全"零度"，却相当细小和轻微。 诗人企图虚构蝴蝶袭击天空的事件，借此营造一种微观的语词动力学结构："影子落在了蝴蝶的翅膀上／翅膀此刻纹丝不动／但突然／以香气／以尖锐的香气／袭击着天空"。 在光影、空间、静物和昆虫之间形成了一种张力。 那些微观事物的变化在咒语中变得"巨大"起来，由此产生了宏大事件的幻觉。

这些经过虚构或放大的假性事件，是马莉诗歌的基本对象。它们是偶然的，处在发生和未发生之间，细小而又阔大，被各种似是而非的语词所环绕。 诗人由此成了一个"伪叙述者"，孜孜不倦地复制着那些博尔赫斯笔下的"特隆"式语境。 在潮湿的珠江三角洲季风里，诗句就此像树叶一样生长和陨落。

物件的抽象性和事件的虚无性，营造着马莉诗歌的暧昧性。"在暧昧的日子里／到处是暧昧的气息……在暧昧的日子里／褐色长裙在风中飘忽不定／门窗神秘地响起／在每一时刻／等待暧昧的来临/这等待多么离奇/又多么痛苦/却不可以抗拒"（《在暧昧的日子里》）。 这首诗显然是马莉"暧昧诗学"的一项自我证明，它不仅在暗示"暧昧的书写对象"，而且还要进一步暗示"暧昧的书写"自身。 叙事主体和被叙事物的这种双重暧昧，正是马莉诗歌的一种特性。

此外，马莉诗歌的闭合性也是不言而喻的。 它一种密不透风的容器，其间陈放着诗人的自我影像，她在这个限度里反观自身，"思想在怀念之中保持着严肃的警惕"：我在一间空房子里朗读/一个人长久地朗读/我的声音从空房子传向旷野/脆弱的事物变得坚固/爱情从深处走来/在远方颤栗（《我在一间空房子里朗读》）。 诗人在椅子、墙壁、门、露台和楼梯的距离中发现了语词的真相。 这真相是静止的，却在意识的动乱（季风和雷雨）中被发现和改组。 但在另一方面，马莉也时常意识到，"诗还未开始/就已告结束/时辰到了你姗姗来迟/奇迹没有发生"（《奇迹没有发生》）。 正如马莉的诗句所说，她在日常生活的感知中"无中生有地制造意义"。

正是这种从无中生有中制造意义的方式，构筑了女性主义的诗歌玄学。 在粗略地分析了马莉的诗歌品质之后，我要再度返回这个话题。 在我看来，马莉的玄学是女性化的，她的书写保持了对细微变化的感官敏锐，却又超越了女性的纯粹感性，凭借对事物的哲学本性的追问，向形而上的世界悄然飞跃。 对空间和物体的体察、对事件的抽象能力、沉静而简洁的叙事，以及对抒情的审慎规避，所有这些元素都令她的书写获得了特殊的话语深度。

鉴于互联网的高度繁荣，汉语垃圾化趋势变得势不可挡。文学日益萎缩，诗歌的道路变得日益狭窄。 只有极少数诗人能够战胜媚俗潮流的诱惑，蜗居在诗性空间里，不倦地经营着话语的原创事业。 他们在捍卫诗歌灵魂的同时，还要为退化的现代汉语守住最后的营地。　自从 20 世纪 80 年代以来，诗歌的使命从未像今天这样沉重。　在马莉诗集行将出版之际，请允许我借此机会向包括马莉在内的诗人们表达敬意。　他们坚持为诗歌的灵魂"守寡"的立场，无疑将成为汉语文学的一个微弱福音，因为正是在这样的书写中，孕育着未来复兴的希望。

（本文是作者为马莉诗集所作的序言）

木刻的黑白使命

在五行的哲学里，木是最生趣盎然的。 它发轫于早春，茂盛于酷夏，萧条于寒秋，而枯死于隆冬，比其他四种元素更热烈地响应了宇宙的节律。 它直接参与季候循环的体系，成为我们星球上地表枯荣的主要表征。 木的这种感应能力，构成了木刻艺术的基本前提。

木材在中国的应用，在明代上升到家居美学的高度。 家具、门窗构件、梁柱及其附属物，所有这些都为木器的精致化提供了空间。 在那些建筑构件的表皮上，木雕大面积浮现了，它们以儒家伦理叙事的繁缛方式，介入了人的日常生活。

但木刻与此截然不同，它起源于雕版印刷，也就是起源于印刻字词的伟大工艺。 在雕刻字版的同时，木刻插画出现了，它起初和文字一样是黑色的，而后则趋向于鲜艳的套色。 这是近代木刻的真正源头，它从一开始就依附于木的纹理，同时又握住了纸的材质和油墨的质地。 这是"木-纸-墨"的美术同盟，并且由此构成了奇妙的三值逻辑（另一种三值逻辑的代表是书法，它由"笔-纸-墨"三元素构成）。 木刻版画从这个基点起飞，逾越了木雕的形而上价值。

刘庆元的木刻版画，看起来俨然是一部版画的博物馆，其中隐含着各种多变的风格和路线。

他的"树皮风格"，利用木材纹理去重塑人脸（如《碎片》和《众神》系列）。那些粗砺的线条，看起来犹如树皮上的自然造型，有时又像是碎叶的拼贴，坚硬而又斑驳，从黑白的间隙中，透射出了模糊的人的脸庞。这是最具"刘庆元语法"特征的作品，它对材质作了的最大限度的扩张，以致它逼近了木刻艺术的边界。

在刘庆元的"稚拙画风格"系列（如"忧郁的拳击手"、"向下"）里，人物造型更像是上古岩画，造型天真稚拙，有着窟窿般的黑色大眼，深邃，反射着世界的无限面貌。这是夸张的黑色块的巧妙运用。在某种意义上，我们看到的是一群被儿童叙事改造过的巫师，他们的魔法反过来制服了我们的视觉。

刘庆元最擅长的无疑还是传统的叙事风格，这是一个题材和风格无限多变的领域。它描述、讽喻、针砭和批判了我们置身其中的现实。

刘庆元是武功高强的刀手，他的刀法富于变幻（如锲形、铲形和碎叶形等），阴阳面的过渡和转换显得神出鬼没。他的刀具深入了木的深处，从那里尖锐地刻录着我们的实存。这是木刻的魅力，它从简朴、诡异和粗暴等方面，说出了图像的内在真理。

木刻的诡异。在刘庆元的刀法下，它们是一种奇怪的影像，充满了扭曲、变形、荒诞和黑白颠倒的景象，而这正是中国社会的破碎剪影。刘氏木刻赋予它一种特殊的气息，以致它能够像镜子那样映射出病态的时代。

木刻的粗暴。早在 20 世纪 30 年代，鲁迅就从珂乐惠支的木刻版画里发现了这种属性。它阴冷、坚硬、犀利、毫不通融、拒绝妥协，由此跟鲁迅的灵魂发生了内在的契合。 刘庆元的刀法，尽管渗入反讽和黑色幽默，却仍然保持着犀利的批判性。 那些冷峻的图像，无情地切开了我们的实存，犹如手术刀切开动物的内脏。

木刻的简朴。 刘庆元的木刻是简化的世界图像，经过木材、帛纸和油墨的改造，它的细节遭到彻底忽略，只剩下轮廓、明暗、黑白色块和粗硬的线条。 但就在黑白木刻的对面，世人早已沦为光怪陆离的五彩世界的奴隶。 他们的眼睛只会赞美那些绚丽的事物，并且拒斥这种简朴的美学。 维系一个白加黑的世界，艺术家需要不屈的勇气。

坚持黑白分明的道路，这正是刘庆元的基本纲领。 木刻家的个性被他的器物所照亮，变得更加犀利起来。 在雕版的上空涌现了强悍的黑白对话。 这是木器的神学，不倦地书写着光与暗的对位。 借助人与木纸的契约，史诗的叙事被解放了，产生出某种摇撼人心的宏大力量。

刘庆元就这样握住了木刻的灵魂。 他比任何人都更深地预见到，"在完成最后一张黑白木刻的时候，你会看到色彩。"但这不是世俗的五彩，而是世界的原色。

（本文是作者为刘庆元版画集所作的序言）

大众文化批评挺进娱乐元年

2005 年是中国的"娱乐元年",这已成为大众媒体的一个共识,因为正是从这一年开始,娱乐成为中国媒体和互联网的核心母题。 芙蓉姐姐、超女、博客,三大流行文化事件,都已载入娱乐元年史册的首页。 它们像叛乱的旗帜那样,高扬在古老中国的上空,为中国大众的娱乐生活注入强大的能量。

这是大众传媒和互联网赐给中国民众的粗陋礼物。 从 2001 年的"小鸡过马路"开始,经过"大话"运动,以大众媒体和互联网为载体的"新民间"已经完全成型。 它的"产品"囊括了从文字、MP3 到 FLASH 等各种形态。 市场的春药催发了它们的生长,迫使制作者去转述大众的基本欲望。 而正是这种庞大的欲望市场,向我们描述了"新民间"的模糊轮廓。

"新民间"的另一个辨认标记与电视收视率有密切关联。 湖南卫视的"超级女生"节目,已经形成广泛的收视人群,大批"灰姑娘"式的少女登台表演才艺,指望夺取"超级女生"的荣誉和奖金。 民众的广泛参与导致了游戏规则的修改,把集权式的"审判"变成更具人性的平等"对话"。

　　毫无疑问，在繁华的大众娱乐潮流背后，笼罩着资本的曼妙阴影。 全球资本向娱乐业大规模"寻租"，以民众的趣味（凶杀、暴力、情色和名人隐私等）为诱饵，从中牟取高额利润。 媒体、时尚、影视、音乐、戏剧、体育、游戏、游乐等，所有这些文化样式，都已成为资本冒险的天堂。 市场逻辑机智地改造着文化的属性，把它转型为消费者的语词狂欢。 这场突变，令整个文化图景变得高蹈性感起来。

　　在大众文化昌盛的背后，资本发出了得意洋洋的笑声。 但是，这种市场诡计却导致了双赢的局面：商人赢得了利润，但他们提供的资本和技术，也令大众获得言说和狂欢的双重权利，引诱他们以无名氏（匿名网民和短信用户）和有名氏（博客）的方式进行言说。 这一消费后果，彻底更改了中国文化的基本结构。

　　在关于中产阶级诞生的喧嚣声中，城市草根的欲望曾经遭到严重忽略，而现在，它却借助资本和市场的力量卷土重来了。 在互联网和电视上，粗粝、低俗和肤浅的草根叙事甚嚣尘上，剧烈瓦解着威权主义和精英主义的堡垒。 大众作为主体的时代正在逼进。 但许多知识分子却露出了惊慌的表情。 他们用"叶公好龙"手法糊起来的"旧民间"神龛，正在面临"市井"风雨的冲洗。

　　耐人寻味的是，在大众获得话语权的同时，精英的角色发生了深刻的转型，那就是从大众的富有煽动力的精神导师，转而以"他者"的身份重返市场，成为更为理性的观察者，由此导致了大众文化批评的崛起。

　　我们已经看到，文化批评（含大众文化研究）正在初生的摇篮里大声啼哭，并且迅速成为 21 世纪文化景观中最引人注目的部分。 毫无疑问，这是对空前繁荣的本土大众文化所作出的必要响应。

　　大众文化批评包含两种截然不同的类型：其一是以媒体与互

联网为载体的现场批评，其二是以学术概念领衔的后台批评。这两种批评彼此呼应，为大众文化产品的价值作出必要的估量。然而，尽管一些高等院校先后成立了文化研究和文化批评的专业研究机构，学院式的后台批评仍然处于严重的失语状态，完全不具备对文化事件作出反应的能力，于是，文化批评的使命只能由媒体和网络的现场批评来承担。这种不均衡的结构，显示了文化批评所面临的困境。

本"地图"所收录的文章，大多兼具了前台批评和后台批评的双重特征：叙述、解读、分析和抨击。尽管我们不能完全苟同其中的一些观点，但作者们的敏锐、犀利和文化批判的精神，却正是文化批评的精髓。

对"批评"这个词的语义的误解，是大众文化最可悲的副产品。批评，就其本义而言，就是对图书的每一个段落进行批阅和评判。文化批评的基本方式是解读与分析，它可以包含批判，但并不简单地等同于批判。文化批评是风格和立场无限多样的运动，并且向"酷评"和"柔评"等向度发展，但不应当变成滥用话语暴力的"骂评"。中国历史上最著名的批评家是金圣叹，他对《水浒》的批评无疑是"柔评"的一个范例。而鲁迅的部分杂文则是"酷评"的代表。这些历史的旧文，开辟了文化批评的先河。

资讯时代的文化批评，依然笼罩在旧时代的阴影里，它在文化逻辑和话语方式上都没有完成超越与自我更新。而这种超越的实验会面临挫折，并遭到公众的嘲笑。然而，这显然是必须支付的代价。正如当年一度繁华的文学批评的悲惨结局一样，文化批评若不能在自身运动中获得新的话语方式，那么它就会重蹈文学批评的覆辙，成为跟文学一起衰败的事物。而假如我们从一开始就关切这个难点，并探寻它的各种新的可能性空间，那么，文化批评就会拥有一个犀利而阔大的前景。本"地图"所收录的文论，吸纳西方文化批评的有力理念，同时又从本土资源中寻求新的阐释动力。 它们不仅描述了大众文化的现场图景，也向我们展示出文化批评的最新学术进展。

《21 世纪中国文化地图》迄今为止已经出版四卷，日文版也已出版三卷，第四卷（2005 卷）正在翻译之中，法文版、英文版和德文版也在洽谈之中。 在全球化的时代，这部关于中国大众文化的指南，已经受到各国出版商的密切关注。 从本卷开始，上海大学出版社将接管出版事务，并为它在未来的业务拓展做好的充分准备。 我们确信，只要大众文化继续保持迷离变乱的特征，人们就会对这部指津式地图发出不倦的召唤。

（本文是作者为《21 世纪中国文化地力》2005 卷所作的序言）

跋

　　承蒙东方出版社组织编辑班子，耗费人力和精力来研究我的作品，将新作和旧作重新加以整合，形成一个新的图书系列——"朱大可守望书系"。 对于许多作者而言，这似乎意味着自己正在被"总结"和"清算"。

　　自从 1985 年进入公共写作状态以来，除了《流氓的盛宴》、尚未完稿的《中国上古神系》，以及刚上手的《中国文化史精要》三部专著，这些文字几乎就是我的全部家当。 我的书写历程较长，但作品甚少，跟那些著作等身之辈，相距甚为遥远。 这是由于近三十年来，我始终处于沉默和言说、谛听与絮语的交界面上，犹如一个持续运动的钟摆。 话语是一种魔咒，它制造狂欢，也引发忧郁和苦痛。 我无法摆脱这种周期式的涨落。

　　即将出版的几部文集（《神话》、《审判》、《时光》……），其素材选自两个方面，其一为已经出版过的旧作，如《燃烧的迷津》、《聒噪的时代》（《话语的闪电》）、《守望者的文化月历》、《记忆的红皮书》等；其二是一些从未结集出版的文章，分为建筑、器物和历史传奇等三种母题。 它可能会面对更为广泛的读者群落。 东方出版社以打散重编的方式重出这些旧作，是因为大多数文集印数甚少，传播的范围极为有限，其中《话语的闪电》又被书商盗版盗印，状况甚为糟糕。 我之有幸被出版人选中，并非因为我的言说有什么特别之处，而是在中国文化复苏思潮涌现之前，需要有更多反思性文献的铺垫。

在自省的框架里反观自身，我此前的书写，经历了三个时期：狂飙时期（青春期）、神学写作时期和文化批评时期。 其中30~40岁有着最良好的状态，此后便是一个缓慢的衰退和下降过程。 我跟一个不可阻挡的法则发生了对撞。 我唯一能做的是减缓这种衰退的进度。 如果这衰退令许多人失望，我要在此向你们致歉。 但在思想、文学和影像全面衰退的语境中，如果这种"恐龙式"书写还能维系住汉语文化的底线，那么它就仍有被阅读或质疑的可能性。

好友高华不久前在邻城南京溘然去世。 他的辞世令我悲伤地想到，在这变化跌宕的岁月，有尊严地活着，就是最高的福祉。 2012，玛雅人宣称的历史终结之年，犹如一条乌洛波洛斯蛇（Ouroboros），头部衔住尾部，形成自我缠绕的圈环。 这是时间循环的连续体，接续着死与生、绝望与希望、终结与开端的两极。 它描述了世界自我更新周期的刻度。 今天，我们正站在这个伟大的刻度之上。 历史就这样垂顾了我们，令我们成为转折点的守望者，并握有转述真相的细小权利。 还有什么比这更令人欣慰的呢？ 是为跋。

朱大可

2012 年 9 月 18 日

写于上海莘庄

朱大可守望书系

朱大可守望着文化最后一片自由的领地,
朱大可正在为文化的修复而呐喊,
中华民族的文化复苏之路沉重而艰难。
文化复苏,应当从每个人独立的反思开始!

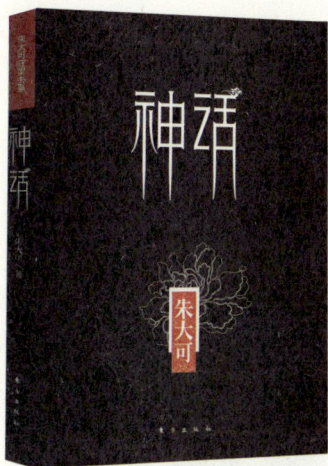

《神话》

朱大可带我们
探寻五千年中华文明源头
解答我们的终极困惑

《审判》

朱大可
在狂欢年代中的焦虑与思考

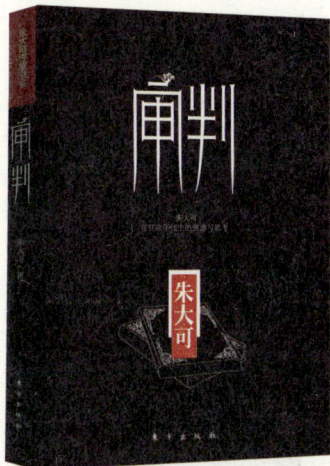

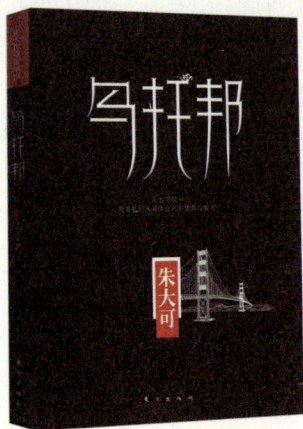

《乌托邦》

朱大可眼中
有着我们未曾体会到的建筑与城市

《先知》

朱大可带我们重温
那个文学与文学批评的巅峰

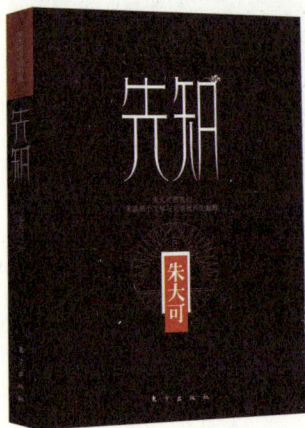

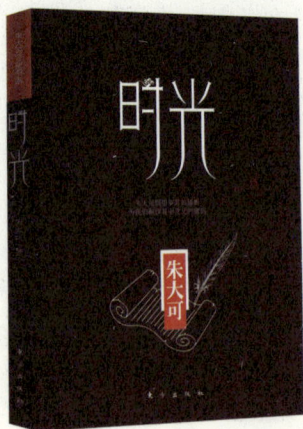

《时光》

朱大可回望岁月的留影
为我们解读其中文化的密码

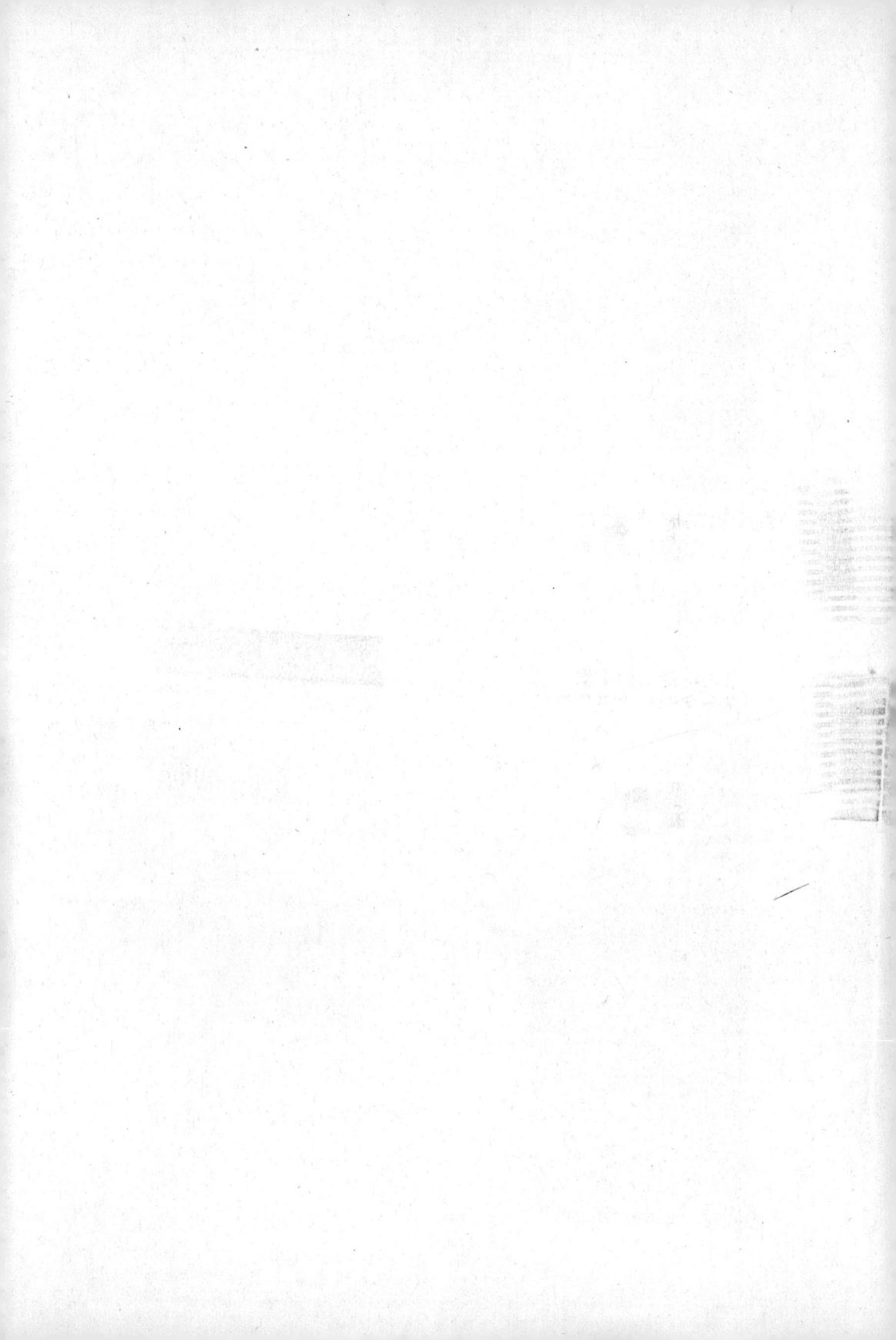